나를 죽인 자의 일생에 관한 책

로베르 인명사전
Robert des noms propres

나를 죽인 자의
일생에 관한 책

초판 1쇄 2003년 10월 15일
2판 1쇄 2010년 7월 26일
개정판 1쇄 2015년 8월 25일

지은이 · 아멜리 노통브
옮긴이 · 김남주
펴낸이 · 김종해

펴낸곳 · 문학세계사
출판등록 · 제21-108호(1979.5.16)
주소 · 서울시 마포구 신수로 59-1(121-856)
대표전화 · 02-702-1800, 팩시밀리 · 02-702-0084
이메일 mail@msp21.co.kr
홈페이지 www.msp21.co.kr
트위터 @munse_books
페이스북 https://www.facebook.com/munsebooks

값 9,000원
ISBN 978-89-7075-499-4 03860

ⓒ 문학세계사

아멜리 노통브 소설

나를 죽인 자의 일생에 관한 책

로베르 인명사전
Robert des noms propres

김남주 옮김

문학세계사

Robert des noms propres

by

Amélie Nothomb

Copyright ⓒ Éditions Albin Michel S.A. -Paris 2002
Korean Translation Copyright ⓒ Munhak Segye-Sa Publishing Co. 2003
This Korean edition is published by arrangement with Éditions Albin Michel
S.A. -Paris through ShinWon Agency, Seoul.

이 책의 한국어판 저작권은 신원 에이전시를 통해
Éditions Albin Michel S.A.와의 독점계약으로 문학세계사에 있습니다.
신저작권법에 의해 한국내에서 보호를 받는 저작물이므로
무단전재 및 복제를 금합니다.

뤼세트는 벌써 여덟 시간째 잠을 이루지 못하고 있었다. 그녀의 뱃속에서 아기는 전날 밤부터 딸꾹질을 멈추지 않고 있었다. 4, 5초마다 온몸을 뒤흔드는 소스라침이, 1년 전 결혼을 하고 아이를 갖기로 결정한 그 열아홉 살짜리 소녀의 몸을 뒤흔들었다.

그 동화 같은 이야기는 꿈결처럼 시작되었다. 파비앙은 잘생긴 청년이었고 그녀를 위해서라면 무슨 일이든 다 할 준비가 되어 있다고 했다. 그녀는 그 말을 곧이곧대로 믿었다. 결혼을 한다는 생각은 그 나이의 청년을 유쾌하게 흥분시켰다. 가족들은 얼떨떨하고 당황한 채 두 아이들이 결혼식을 위해 옷을 갈아입는 것을 지켜보았다.

얼마 지나지 않아 뤼세트는 기쁜 표정으로 자신의 임신 소식을 발표했다.

뤼세트의 언니가 물었다.
"너무 빠른 것 아니니?"
"이런 일은 빠를수록 좋아!" 뤼세트가 흥분해서 쏘아붙였다.

이윽고 사태는 점차 동화 같은 매력을 잃어갔다. 파비앙과 뤼세트는 많이 싸웠다. 뤼세트의 임신 사실에 그렇게 기뻐했던 파비앙은 이렇게 말하기에 이르렀다.
"아기가 태어나면 미친 짓은 그만두는 게 좋을 거야!"
"지금 날 협박하는 거야?"
그러자 파비앙은 쾅 소리를 내며 문을 닫고 나가 버렸다.

뤼세트는 자신이 미치지 않았다고 확신했다. 그녀는 강렬하고 진하게 살고 싶었다. 남들과 다르게 살고 싶다고 해서 미친 건 아니잖은가? 그녀는 매일, 매해가 자신에게 최대치로 응답하기를 원했다.
이제 그녀는 파비앙이 대단한 남자가 아님을 깨달았다. 그는 평범한 청년이었다. 일단 결혼을 하고 나자 그는 전형적인 결혼한 남자 행세를 했다. 그는 매혹적인 왕자가 아니었다. 그녀가 그의 신경을 긁어대면 그는 이렇게 중얼거리곤 했다.

"이런, 또 발작이군."

이따금 친절해질 때면 그는 그녀의 배를 어루만지며 말했다.

"아들이라면 이름을 탕기라고 짓고, 딸이면 조엘이라고 짓자."

뤼세트는 두 이름 모두 너무 싫었다. 할아버지의 서재에서 그녀는 19세기에 편찬된 백과사전을 찾아냈다. 거기에는 거친 운명을 예고하는 몽환적인 이름들이 나와 있었다. 뤼세트는 그런 이름들을 소중하게 적어두었지만, 이따금 그 종이 조각들을 잃어버리곤 했다. 한참 후에 여기저기에서 '엘뢰테르'나 '뤼트가르드' 같은 이름이 씌어 있는 너덜너덜해진 종이 조각들이 눈에 띄곤 했다. 초현실주의자들의 문장 만들기 놀이에서 나온 듯한 그 단어들이 무엇을 의미하는지 아무도 알 수 없었다.

뱃속의 아기는 곧 움직이기 시작했다. 산부인과 의사는

그렇게 활동적인 태아는 본 적이 없다고 말했다. "아주 드문 경우네요!"

뤼세트는 빙그레 웃었다. 자신의 아기는 벌써 남다르지 않은가. 당시에는 태아의 성별을 미리 알 수 없었다. 그리고 그녀에게 그런 건 중요하지 않았다.

"아들이든 딸이든 이 애는 무용가가 될 거야." 머릿속에서 온갖 꿈을 꾸며 그녀가 선언하듯 말했다.

"안 돼. 남자애라면 축구 선수를 시키면 되고, 여자애라면 사람 좀 성가시게 하겠지." 파비앙이 응수했다.

그녀는 눈에 독기를 품고 파비앙을 쏘아보았다. 그가 그런 말을 하는 건 사람이 나빠서가 아니라 그저 그녀를 약올리기 위해서였다. 하지만 몸만 자란 아이에 지나지 않는 그의 말에서는 용납할 수 없는 저속함이 느껴졌다.

주위에 아무도 없고 뱃속의 아기가 요란하게 움직일 때면, 뤼세트는 부드럽게 속삭였다.

"그래, 춤을 추렴, 내 아가. 내가 널 보호해줄게. 네가 탕기라는 이름을 가진 축구 선수나 조엘이라는 이름을 지닌 성가신 여자가 되도록 하진 않겠어. 넌 파리의 오페라 극장에서든 거리에서든 원하는 곳에서 자유롭게 춤출 수 있어야 해."

점차 파비앙은 오후 내내 집을 비우기에 이르렀다. 그는 점심 식사 후에 집을 나가서는 아무런 설명 없이 밤 열 시경이 되어서야 돌아왔다. 임신 때문에 초죽음이 된 뤼세트는 그를 기다릴 기운이 없었다. 그녀는 그가 돌아오는 것을 보지 못한 채 잠이 들었다. 아침이면 그는 11시 반경까지 침대에서 나오지 않았다. 그는 커피잔을 들고 허공을 응시하며 담배를 피우곤 했다.

"요즘 어때? 피곤한 거 아냐?" 어느 날 그녀가 물었다.

"넌 어때?" 그가 되물었다.

"난 뱃속에서 아기를 키우고 있지. 너도 알잖아?"

"물론 알지. 넌 항상 그 얘기만 하잖아."

"임신은 몹시 힘든 일이야. 생각해 봐."

"그건 내 잘못이 아냐. 임신을 원한 건 너였잖아. 내가 너였다면 임신 같은 건 하지 않았을 거야."

"뭘 하며 오후를 보내는지 말해 줄래?"

"싫어."

그녀가 분통을 터뜨렸다.

"난 도통 모르겠다고! 넌 이제 내게 아무 얘기도 안 하잖아!"

"네가 아기 말고는 아무것에도 관심을 갖지 않으니까 그렇지."

"너도 관심 가질 만한 존재가 되어 봐. 그럼 관심을 가져 줄게."

"난 관심을 끌만한 사람이야."

"그럼 해봐, 할 수 있으면, 내 관심을 끌어 보라고."

그는 한숨을 내쉬고 방을 나가서는 상자를 하나 갖고 돌아왔다. 그는 상자에서 권총을 꺼냈다. 그녀의 두 눈이 휘둥그레졌다.

"내가 매일 오후 하는 일이 바로 이거야. 총을 쏜다고."

"어디서?"

"비밀 클럽에서. 장소 같은 게 뭐 중요해?"

"이 안에 진짜 탄알이 들어 있어?"

"그래."

"사람을 죽일 수 있는 거야?"

"예를 들면 그렇지."

그녀는 매혹당한 듯 권총을 쓰다듬었다.

"난 실력이 좋아지고 있어. 첫발에 과녁의 심장을 맞추지. 그때 느낌이 어떤 건지 넌 상상도 할 수 없을 거야. 그 느낌이 너무 좋아. 일단 시작하면 그만둘 수가 없어."
"이해할 수 있을 것 같아."
그들이 그렇게 서로를 이해하는 것은 아주 드문 일이었다.

이미 두 아이를 두고 있는 언니가 뤼세트를 보러 오곤 했다. 언니는 뤼세트를 몹시 아꼈다. 언니는 배가 불룩해져 있는 동생의 모습이 너무나도 예쁘고 연약해 보인다고 생각했다. 어느 날 두 사람은 심각한 이야기를 나누었다.
"네가 파비앙에게 일자리를 찾으라고 말해야 해. 그는 곧 아빠가 되잖아."
"우린 열아홉 살이야. 부모님에게 생활비를 받을 나이라고."
"부모님이 영원히 돈을 대실 순 없어."
"어째서 이런 얘기로 날 귀찮게 하는 거야?"
"어쨌든 이건 중요한 문제잖아."
"언니는 내 행복을 망쳐놓으려고 여기 오는 거야?"

"그게 무슨 말이니?"

"이제 이성적이 되어야 한다느니 하는 멍청한 얘길 하려는 거잖아."

"너 미쳤구나! 난 그렇게 말하지 않았어!"

"바로 그거야! 난 미쳤어! 난 아기가 태어나길 기다리고 있어! 언닌 날 질투하고 있지! 언닌 날 죽이고 싶은 거야!"

"맙소사, 뤼세트……"

"나가!" 뤼세트가 소리를 질렀다.

언니는 충격을 받고 가버렸다. 그녀는 동생이 감정적으로 연약하다는 것은 알고 있었지만, 이번에는 불안한 수준이었다.

그 후 그녀가 전화를 걸면 뤼세트는 목소리를 확인하고는 그대로 전화를 끊어버렸다.

'그렇잖아도 골치 아픈 일들이 많단 말이야.' 뤼세트는 생각했다.

사실, 입 밖에 내어 말하지는 않았지만 그녀는 자신의 미래가 암담하다는 것, 언니의 말이 맞다는 것을 느끼고 있었다. 앞으로 어떻게 생활비를 번단 말인가? 파비앙이 관심 있어 하는 것은 권총뿐이었고, 자신은 잘할 줄 아는

게 아무것도 없었다. 심지어는 슈퍼마켓의 계산원 자리조차 얻을 수 없을 터였다. 게다가 자신이 그 일을 잘 해내리라는 확신도 없었다.

그녀는 더 이상 생각하지 않기 위해 머리를 베개로 짓눌렀다.

그날 밤 뱃속의 아기가 딸꾹질을 했다.

신경이 날카로운 어린 임신부에게 태아의 딸꾹질이 미친 영향은 상상을 초월하는 것이었다.

태평하게 자고 있는 파비앙 곁에서 뤼세트는 벌써 여덟 시간째 잠을 못 이루고 있었다. 그녀는 임신 9개월째였다. 팽팽하게 부풀어오른 뱃속에 시한폭탄이라도 들어있는 것 같았다.

아기의 딸꾹질 소리는 폭발 시각을 향해 째깍거리는 시한폭탄의 초침 소리처럼 여겨졌다.

그리고 환상은 현실이 되었다. 분명히 폭발음이 들려왔던 것이다 — 적어도 뤼세트의 머릿속에서는.

그녀는 갑작스러운 확신에 고무되어 눈을 크게 뜨고 자리에서 일어났다.

그녀는 파비앙이 감춰둔 권총을 찾아내 남편이 자고 있는 침대로 돌아왔다. 그녀는 그의 잘생긴 얼굴을 바라보며 관자놀이를 겨눈 다음 중얼거렸다.

"널 사랑해. 하지만 네게서 아기를 보호해야겠어."

그녀는 총구를 가까이 가져다 대고 총알이 다할 때까지 방아쇠를 당겼다.

그녀는 피로 얼룩진 벽을 물끄러미 바라보았다. 그런 다음 아주 차분하게 경찰에 전화를 걸었다.

"내가 지금 막 남편을 죽였어요. 어서 와 주세요."

들이닥친 경찰관들은 오른손에 권총을 든 만삭의 소녀를 발견했다.

"총을 내려놔라!"

경찰관들이 위협적인 어조로 소리쳤다.

"이런, 이 안엔 총알이 없어요."

그녀가 권총을 내려놓으며 말했다.

그녀는 경찰관들을 부부 침실로 데리고 가서 자신이 해놓은 일을 보여주었다.

"이 여자를 경찰서로 데리고 가야 하나, 아니면 병원으로 데리고 가야 하나?"

"병원엔 왜 가요? 난 아프지도 않은데."

"모르는 일이지. 넌 임신중이니까."

"아직은 아이를 낳을 때가 아니에요. 날 경찰서로 데려가 주세요." 그녀는 마치 권리를 요구하듯이 고집했다.

경찰서에 도착한 그녀는 변호사를 부를 수 있다는 말을 들었다. 그녀는 그럴 필요 없다고 대답했다. 직원 하나가 그녀에게 끝없이 질문을 던졌다.

"어째서 남편을 죽였습니까?"

"뱃속에서 아기가 딸꾹질을 했어요."

"음, 그래서?"

"그뿐이에요. 난 파비앙을 죽였어요."

"아기가 딸꾹질을 했기 때문에 남편을 죽였다고요?"

뤼세트는 그 말에 당황한 것 같았다. 이윽고 그녀는 이렇게 대답했다.

"아뇨, 그렇게 간단하진 않아요. 그런데 이제 아기의 딸꾹질은 그쳤어요."

"아기의 딸꾹질을 그치게 하기 위해 남편을 죽였단 말입니까?"

그녀는 상황에 어울리지 않게 미소를 지었다.

"아녜요, 맙소사, 그런 웃기는 얘기가 어디 있어요?"

"그렇다면 어째서 남편을 죽인 거죠?"

"내 아기를 보호하기 위해서예요." 그녀는 이번에는 진지하고도 비극적인 태도로 말했다.

"아, 남편이 아기를 위협했나요?"

"예."

"지금부터 그 얘기를 해야겠군요."

"예."

"그가 아기를 어떻게 협박했는데요?"

"아기가 사내애면 탕기라고 부르고, 여자애면 조엘이라고 부르겠다고 했어요."

"그리고?"

"그뿐이에요."

"남편이 고른 아기 이름이 마음에 들지 않아서 남편을 죽였단 말인가요?"

그녀는 미간을 찌푸렸다. 그런 논리에 뭔가 빠져 있긴 했지만, 맞는 얘기인 것은 분명했다. 그녀는 상대의 몸짓이 무엇을 뜻하는지 너무도 잘 알고 있었다. 적절한 대답을 주지 못하면 상대는 정말 심각한 욕구불만을 일으킬 터였다. 그래서 그녀는 입을 다물기로 결심했다.

"정말 변호사가 필요 없나요?"

그녀에겐 정말이지 변호사가 필요 없었다. 자신의 의도를 어떻게 변호사에게 설명한단 말인가? 변호사 역시 다른 사람들처럼 그녀를 미친 여자로 여길 터였다. 그래서 그녀는 입을 다물기로 했다.

그녀는 투옥되었다. 매일 간호사가 와서 그녀의 몸 상태를 검진했다.

어머니나 언니가 면회를 왔다는 말을 들었지만, 그녀는 만나기를 거절했다.

그녀는 임신과 관련된 문제에 대해서만 대답했을 뿐 그 외에는 침묵을 지켰다.

머릿속에서 그녀는 이렇게 말하고 있었다. "내가 파비앙을 죽인 건 잘한 일이야. 그는 고약한 남자는 아니지만 너무나 평범해. 그에게 평범하지 않은 것은 권총뿐이었어. 하지만 그는 결국 그 권총을 아주 진부하게 사용했을 거야. 동네 불량배들을 위협하거나 아기 장난감으로 만들었을 거라고. 아이에게 탕기나 조엘이라는 이름을 붙이는 건 그 애에게 진부한 세상, 이미 닫혀 있는 시야를 주는 것과 다름없어. 하지만 난 내 아기가 힘껏 무한을 품었으면 좋겠어. 내 아기가 그 어떤 제약도 느끼지 않았으면 좋겠어. 그 아이에게 특별한 운명을 약속하는 이름을 주고 싶어."

뤼세트는 감옥에서 딸을 낳았다. 그녀는 품에 안은 아기를 세상의 모든 사랑을 담은 눈길로 바라보았다. 젊은 산모치고 그렇게 감동하는 경우는 아주 드물었다.
"넌 정말 예쁘구나." 그녀는 아기에게 되풀이했다.
"이름을 뭐라고 부를 겁니까?"
"플렉트뤼드."
간수들, 정신과 의사들, 시원찮은 법률가들, 더 시원찮은 의사들로 이루어진 심의단이 뤼세트를 찾아와 말렸다. 아이에게 그런 이름을 붙여서는 안 된다는 것이었다.
"붙일 수 있어요. 플렉트뤼드라는 성녀가 있었는걸요. 그녀가 무슨 일을 했는지는 모르지만, 이 세상에 존재했던 건 분명해요."

사람들은 전문가에게 도움을 청했다. 작명가가 말했다.

"뤼세트, 아기 입장에서 생각해 봐요."

"내가 이러는 건 오직 이 애를 위해서예요."

"그 이름은 아이에게 문제만 일으킬 거예요."

"이 이름은 사람들에게 이 애가 예외적인 존재라는 사실을 알려줄 거예요."

"마리라는 이름을 가지고도 예외적인 존재가 될 수 있답니다."

"마리라는 이름은 그 애를 보호해 줄 수 없지만, 플렉트뤼드라는 이름은 그럴 수 있어요. 끝의 거친 발음이 마치 방패 같잖아요."

"그럼 제르트뤼드라는 이름은 어때요? 그 편이 이름으로 더 무난해요."

"싫어요. 플렉트뤼드의 첫 부분은 '펙토랄(Pectoral 가슴장식. 유대 고위 성직자가 가슴에 다는 십자가 : 역주),' 그러니까 파라오나 사제의 가슴장식을 연상시키잖아요. 이 이름은 일종의 호신부예요."

"그 이름은 괴상해요. 당신 아이는 비웃음거리가 될 거예요."

"그렇지 않아요. 이 이름 때문에 이 애는 스스로를 방어할 수 있을 만큼 강해질 거예요."

"어째서 아이에게 스스로를 방어해야 할 이유를 미리부터 만들어 주는 거죠? 그렇잖아도 이미 골치 아픈 문제들이 많잖아요!"

"지금 나를 두고 하는 말인가요?"

"그것도 그 중의 하나죠."

"걱정 마세요. 난 이 애를 오랫동안 번거롭게 하진 않을 거예요. 그러니 이제 내 말 잘 들으세요. 난 수감된 몸이라 권리 행사를 못하고 있어요. 내게 남아 있는 유일한 자유는 내 아기에게 내가 원하는 이름을 붙이는 거예요."

"그건 이기적인 생각이에요, 뤼세트."

"그 반대예요. 게다가 이건 당신하곤 상관없는 문제잖아요."

그녀는 사태를 확실히 하기 위해 감옥에서 아기의 세례식을 했다.

아기에게 이름이 주어진 바로 그날, 뤼세트는 시트를 찢어 밧줄을 만들어 감방에서 목을 맸다. 다음날 아침 그녀의 가벼운 시신이 발견되었다. 유서 한 장, 설명 한 줄 없었다. 그토록 고집했던 딸의 이름이 그녀의 유언인 셈이었다.

뤼세트의 언니 클레망스가 감옥에 와서 아기를 데려갔다. 그렇게 끔찍한 상황에서 태어난 아기로부터 벗어날 수 있게 된 것에 기뻐하며 감옥에서는 아기를 내주었다.

클레망스와 그녀의 남편 드니에게는 니콜과 베아트리스라는 네 살과 두 살짜리 딸들이 있었다. 그들은 플렉트뤼드를 자신들의 셋째 아이로 키우기로 결정했다.

니콜과 베아트리스가 새로 생긴 여동생을 보러 엄마의 침실로 왔다. 그들이 그 아기가 뤼세트 이모의 딸이라고 생각할 이유는 전혀 없었다. 실제로 두 아이들은 뤼세트 이모가 딸을 낳았다는 사실조차 알지 못했다.

또한 그들은 그 아기가 밖에서 데려온 아기이며 이름까지 정해져 있었다는 사실을 알아차리기에는 너무 어렸다. 물론 발음상의 문제는 좀 있었다. 그들은 한동안 아기를 "플렉뤼드"라고 불렀다.

자신을 사랑하게 하는 데 그렇게 재능을 타고 난 아기

는 다시없을 터였다. 아기는 자신이 그런 비극적인 상황에서 태어났다는 사실을 감지한 것일까? 아기의 애절한 눈빛은 주위 사람들에게 그런 일을 잊어줄 것을 간청하고 있는 듯했다. 아기가 그런 일에 유리한 패를 갖고 있었다는 사실을 분명히 말해 두어야겠다. 아기의 눈은 믿어지지 않을 만큼 아름다웠던 것이다.

이 여위고 조그만 신생아는 그 막강한 시선 — 크기와 형태에서 모두 — 을 과녁 위에 꽂곤 했다. 그 애의 커다랗고 아름다운 두 눈은 클레망스와 드니에게 이렇게 말하고 있었다. "날 사랑해 주세요! 당신들의 운명은 날 사랑하는 거예요! 난 겨우 6주짜리 아기일 뿐이지만 기념비적인 존재예요! 그걸 안다면, 그걸 알기만 한다면……"

드니와 클레망스는 그걸 알아주었다. 첫눈에 플렉트뤼드에게 반한 그들은 그 애를 찬탄에 가까운 감정으로 지켜보았다. 아이는 아주 천천히 젖병을 빤다든지, 결코 우는 법이 없다든지, 밤에는 거의 안 자고 낮에 많이 잔다든지, 원하는 물건이 있을 때면 단호하게 손가락 하나로 가리킨다든지 하는 점에서도 특이했다.

누군가 자신을 품에 안으면, 아기는 진지하고 심오한

눈길로 상대를 응시했다. 마치 이제 위대한 사랑의 이야기가 시작된다는 것, 감동적인 그 무엇이 자리잡고 있다는 것을 알려주려는 듯이.

죽은 뤼세트를 몹시 사랑했던 클레망스는 그 열정을 플렉트뤼드에게 쏟았다. 그렇다고 그녀가 그 애를 자신의 두 아이들보다 더 사랑하는 것은 아니었다. 사랑하는 방식이 달랐을 뿐. 니콜과 베아트리스는 그녀에게 넘치는 애정을 불러일으켰다. 하지만 플렉트뤼드가 그녀에게 불러일으키는 것은 숭배의 감정이었다.

위의 두 아이들이 귀엽고 착하고 똑똑하고 호감을 불러일으켰다면, 막내는 탁월했다 — 찬란하고 강렬하고 신비롭고 기묘했다.

드니 역시 금방 아기에게 매료되었고 줄곧 그런 상태였다. 하지만 그 무엇도 클레망스가 아기에게 쏟는 성스러운 사랑과는 겨룰 수 없었다. 죽은 여동생의 딸에 대한 그녀의 사랑은 모든 것을 휩쓸어가 버리는 그런 것이었다.

플렉트뤼드는 전혀 식욕을 보이지 않았다. 먹는 게 적었으므로 그만큼 느리게 성장했다. 안타까운 일이었다.

니콜과 베아트리스는 기운차게 먹어댔고 눈에 보이게 커 갔다. 두 아이들은 통통하고 발그레한 뺨으로 부모들을 기쁘게 해주었다. 하지만 플렉트뤼드에게서 커지는 것은 두 눈뿐이었다.

"정말 저 애를 그 이름으로 부를 작정이야?"
어느 날 드니가 물었다.
"물론이지. 뤼세트는 반드시 그 이름이어야 한다고 고집했어."
"당신 동생은 미쳤어."
"아냐. 그 애는 감정적으로 연약했을 뿐이야. 어쨌든 플렉트뤼드라는 이름은 예쁘잖아."
"그렇게 생각해?"
"응. 그리고 저 애에게 잘 어울려."
"내 생각은 그렇지 않아. 저 애는 요정 같아. 나라면 저 애를 '오로라'라고 부르겠어."
"이미 늦었어. 두 아이들이 저 애를 이미 플렉트뤼드라고 부르고 있잖아. 단언하는데 이 이름은 저 아이에게 잘 어울려. 마치 중세의 공주 이름 같아."

"가엾은 녀석! 학교에서 쓰기에는 부담스러운 이름이야."

"저 애에겐 그렇지 않아. 저 애는 그 이름에 어울리는 개성을 갖고 있으니깐."

플렉트뤼드는 때가 되자 다른 아기들처럼 말을 했다. 아기의 첫 마디는 '엄마'였다.

클레망스는 황홀해했다. 드니 역시 기뻐하면서도 그녀에게 위의 두 아이들이 그랬듯이 이 세상 모든 아기들이 처음으로 하는 말이 엄마라는 점을 지적했다.

"이 애의 경우는 좀 달라." 클레망스가 대답했다.

아주 오랫동안 '엄마'가 플렉트뤼드가 할 줄 아는 유일한 한 마디였다. 그 말은 그 애와 세상을 이어주는 부족함 없는 탯줄 같았다. 그 애는 대부분의 아기처럼 '엄멈멈멈 마아' 하고 더듬는 과정을 거치지 않고 단 한 번에 명료한 어조로 완벽하게 발음했다.

그 애가 말을 하는 경우는 드물었지만, 일단 말을 하면 그 발음이 어찌나 엄숙하고 명료했던지 그 애를 바라보지 않을 수 없었다. 마치 최상의 효과를 불러일으키기 위해

적당한 때를 고르기라도 하는 것 같았다.

뤼세트가 태어난 것은 클레망스가 여섯 살 때였다. 그녀는 동생이 태어나던 때와 한 살 때, 두 살 때 등을 또렷이 기억하고 있었다. 애매한 점 같은 것은 없었다.

"뤼세트는 평범했어. 그 애는 많이 울어댔고, 어떤 때는 사랑스러웠지만 어떤 때는 고약했지. 그 애는 전혀 특별한 아이가 아니었어. 플렉트뤼드는 그 애를 전혀 닮지 않았어. 이 애는 조용하고 진지하고 생각이 많아. 이 애가 얼마나 똑똑한지 느낄 수 있어."

드니는 그런 아내를 놀려댔다.

"이 애가 무슨 메시아라도 되는 것처럼 말하는 것 좀 그만둬. 이 애는 그저 매혹적인 아기일 뿐이야."

그는 귀여워 죽겠다는 듯이 팔을 쭉 펴서 아기를 머리 위로 들어올렸다.

그 후로 아주 한참이 지나서야 플렉트뤼드는 '아빠'라는 말을 했다.

그 다음날 순전히 예의상 그 애는 '니콜'과 '베아트리스'를 불러 주었다.

그 애의 발음은 나무랄 데가 없었다.

그 애는 먹는 데에도 말하는 데 그랬던 것 같은 철학적인 신중함을 기울였다. 새로운 음식이 접시 위에 나타나면 그 애에게는 새로운 단어를 말할 때와 똑같은 집중과 명상이 필요했다.

자기 몫의 수프 한가운데 처음 보는 야채가 나타나면, 그 애는 클레망스를 바라보며 그것을 가리켰다.

"이건?" 그 애가 물었다.

"그건 파란다. 파―아. 먹어 보렴. 아주 맛있어."

플렉트뤼드는 우선 숟가락에 담긴 파 조각을 바라보며 반 시간을 보냈다. 그런 다음 그것을 코로 가져가 냄새를 맡아보면서 관찰을 계속했다.

"다 식어버렸잖아!" 드니가 언짢아하며 소리쳤다.

그 애는 그런 것에 개의치 않았다. 조사가 끝나면 그 애는 문제의 음식을 입 안에 넣고 오랫동안 음미했다. 그런 다음에도 그 애는 자신의 판단을 입 밖에 내지 않았다. 이어 그 애는 두번째 조각, 이어 세번째 조각에 대한 실험에 착수했다. 가장 놀라운 점은 그 애의 태도였다. 네 차례의 시도 끝에야 그 애는 이렇게 최종 결론을 내렸던 것이다.

"난 이게 싫어."

대개의 경우 아이들은 어떤 음식이 혀에 닿는 순간 그것이 싫은지 좋은지 판단한다. 하지만 플렉트뤼드는 자신이 정말 그 음식을 싫어하는지 신중하게 확인하고 싶어 했다.

말에 대해서도 마찬가지였다. 그녀는 새로운 단어를 여러 각도에서 주의 깊게 검토한 후에야 입 밖에 내어 발음했다. 대개는 다음과 같이 상황에 맞지 않는 전혀 엉뚱한 말로 사람들을 놀라게 하곤 했다.

"기린!"

산책 준비를 하고 있는데 뜬금없이 웬 '기린'이란 말인가? 사람들은 그 애가 뜻도 모르고 그런 말을 했다고 여겼다. 하지만 그 애는 자신이 무슨 말을 하는지 잘 알고 있었다. 외부의 우발적인 일들과는 상관없이 그 애는 자신의 생각을 이어나가고 있었다. 외투를 걸치는 순간, 긴 다리와 긴 목을 가진 동물이 기린이라는 사실을 마침내 이해하게 되었던 것이다. 따라서 그 애로서는 그 순간 '기린'이라고 외치지 않을 수 없었다. 다시 말해서 자신의 내적 우주 속에 돌연 기린이 출현했음을 사람들에게 알려야 했던 것이다.

"저 애의 목소리가 얼마나 예쁜지 들었어?"

클레망스가 물었다.

"아기치고 목소리가 귀엽지 않은 애도 있어?"

드니가 반문했다.

"내 말이 바로 그거야! 저 애의 목소리는 귀여운 게 아니라 아름답다니까."

클레망스가 의기양양하게 대꾸했다.

9월이 되자 플렉트뤼드는 유아원에 갔다.

"한 달 후 저 애는 겨우 만 세 살이 되잖아. 유아원은 너무 빠른 것 같아."

하지만 문제는 그 애의 나이가 아니었다.

며칠 후 보육사는 클레망스에게 플렉트뤼드를 돌볼 수 없다고 알려왔다.

"너무 어려서 그렇죠?"

"아닙니다, 부인. 제 반에는 더 어린애들도 있답니다."

"그렇다면?"

"그 애의 눈길 때문이에요."

로베르 인명사전 29

"뭐라고요?"

"그 애가 그냥 가만히 쳐다보기만 해도 다른 아이들이 울어요. 우는 아이들을 이해할 수 있을 것 같아요. 저 자신도 그 애가 저를 빤히 바라보면 불편해지거든요."

클레망스는 자부심에 차서 사람들에게 자기 딸이 눈빛 때문에 유아원을 다니지 못하게 되었노라고 떠벌였다. 그런 일은 정말이지 처음이었다.

사람들은 벌써부터 수군거렸다.

"유아원에서 받아주지 않은 아이 얘기 들었어요?"

"게다가 눈빛 때문이라니!"

"그 아이의 시선이 괴상한 건 사실이잖아요!"

"위의 두 아이들은 그렇게 착하고 얌전한데, 막내 여자앤 요물이라니까!"

사람들은 그 애가 어떤 상황에서 태어났는지 알고 있었을까? 클레망스는 그 점에 대해 이웃사람들에게 굳이 묻지 않았다. 그녀는 플렉트뤼드가 자신의 친딸이라는 것이 기정사실로 받아들여지기를 바랐다.

그녀는 플렉트뤼드와 시간을 더 많이 보낼 수 있게 된

것에 기뻐했다. 아침마다 일하러 가면서 드니는 위의 두 아이들을 하나는 학교에, 하나는 유치원에 데려다 주었다. 클레망스는 막내딸과 집에 남았다.

남편과 두 아이들이 나가고 문이 닫히는 순간 클레망스는 전혀 다른 사람으로 변신했다. 그녀는, 플렉트뤼드와 단 둘이 있을 때만 나타나는, 요정과 마녀를 합해 놓은 인물이 되었다.

"아무도 우릴 방해하지 않아. 옷을 갈아입자."

그녀는 스스로를 근본적으로 변화시켰다. 일상의 옷을 벗고 인도의 여왕에게나 어울릴 법한 사치스러운 옷을 입는 데 그치지 않고, 가정주부의 의식을 벗고 특별한 권력을 지닌 환상적인 존재가 되었던 것이다.

뚫어져라 바라보는 아이의 시선을 받으며 스물여덟 살짜리 젊은 여인은 가슴 속에 품고 있던 열여섯 살짜리 요정과 만 살짜리 마녀를 풀어놓았다.

그런 다음 그녀는 아이의 옷을 벗기고 가족 모르게 사둔 공주 의상을 입혔다. 그녀는 아이의 손을 잡고 큰 거울 앞으로 가서 두 사람의 모습을 비추어 보았다.

"우리가 얼마나 예쁜지 봤지?"

플렉트뤼드는 행복에 찬 한숨을 내쉬었다.

그런 다음 클레망스는 세 살짜리 아이의 관심을 끌기 위해 춤을 추었다. 아이는 자지러질 듯 좋아하며 함께 춤을 추었다. 아이의 두 손을 잡고 춤추던 클레망스가 갑자기 아이의 허리를 감싸 안아서는 곡조에 맞추어 둥실 들어올렸다.

플렉트뤼드는 기쁨의 비명을 내질렀다.

"이제 우리 보물 상자를 열어 보자." 그 의식에 익숙해진 아이가 요구했다.

"무슨 보물?" 클레망스가 짐짓 무슨 말인지 모르겠다는 듯이 딴전을 피웠다.

"공주의 물건들 말이야."

공주의 물건들이란 이런 저런 이유에서 고상하고 멋지고 독특하고 귀하다 ― 요컨대 공주가 지닐 만하다 ― 고 판단되어 선택된 것들이었다.

거실의 동양산 양탄자 위에 클레망스는 자신이 지니고 있던 보석, 어느 날 밤 딱 한 번 신은 진홍색 벨벳 뮐(뒤 터진 여성용 구두 : 역주), 아르 누보 금장식으로 테두리 쳐진

앙증맞은 손거울, 은제 담뱃갑, 멋진 인조 보석들이 박힌 황동제 아랍 술병, 하얀 레이스 장갑, 플렉트뤼드가 자동판매기에서 사온 알록달록한 플라스틱으로 된 중세풍의 반지, 주현절(가톨릭의 축제일 중 하나로 갈레트를 구워 나눠먹는데, 과자에서 인형이 나오는 사람이 왕이 되어 왕관을 쓴다 : 역주)에 쓰는 금빛 판지로 된 왕관들을 늘어놓았다.

그런 식으로 서로 어울리지 않는 물건들이 한자리에 모였다. 클레망스와 플렉트뤼드의 눈에는 귀중한 물건들이었다. 눈을 한 번 감았다 뜨면 그것들은 모두 진짜 보석이 되었다.

벌린 입을 다물지 못한 채 아이는 해적의 노획물과도 같은 그 물건들을 바라보았다. 그 애는 물건들을 차례로 쥐어 보며 진지하고 황홀한 눈빛으로 응시했다.

이따금 클레망스는 아이를 온갖 보석들로 치장하고 뭘 신겼다. 그런 다음 손거울을 내밀며 이렇게 말했다.

"네가 얼마나 아름다운지 보렴."

아이는 거울에 비친 자신의 모습을 바라보며 헉 하고 숨을 멈추었다. 금장식 테두리의 거울 한가운데에는 세 살짜리 여왕, 눈부시게 치장한 여제사장, 결혼식 날의 페르시아 여인, 성상용으로 포즈를 잡은 비잔틴의 성녀가 서 있었다. 그 놀라운 모습 속에서 아이는 자신의 얼굴을 알아볼 수 있었다.

무슨 어마어마한 보석함처럼 치장된 그 여자 아이를 보았다면 누구라도 웃음을 터뜨렸으리라. 하지만 클레망스는 빙그레 미소 지었을 뿐 소리 내어 웃지 않았다. 그녀는 그 장면의 우스꽝스러운 면보다는 아이의 아름다움에 더 큰 충격을 받았다. 플렉트뤼드는 옛 동화책에 나오는 그림처럼 아름다웠던 것이다.

"요즘엔 이렇게 아름다운 아이가 없어. 그리고 옛날에도 이보다 더 아름다운 아이는 없었어." 클레망스는 엉뚱하게도 그렇게 생각했다.

그녀는 '공주의 음악'(차이코프스키, 프로코피에프)을 틀어놓고, 점심 대신 아이가 먹을 간식거리를 만들었다. 향료가 든 빵 과자, 초콜릿 과자, 사과 파이, 아몬드 비스킷, 바닐라 플랑, 그리고 음료로는 부드럽고 달콤한 사과 주스와 보리 시럽 같은 것들을 준비했다.

클레망스는 이런 간식거리들을 식탁 위에 늘어놓으며 유쾌한 죄의식을 느꼈다. 그녀는 위의 두 아이들에게 단

것으로만 배를 채우도록 허락한 적이 없었다. 플렉트뤼드의 경우는 다르다고 그녀는 스스로를 합리화했다.

"이건 동화 속 아이를 위한 식사잖아."

그녀는 커튼을 내리고 촛불을 밝힌 다음 아이를 불렀다. 아이는 커다란 눈에 호기심을 담뿍 담고 어머니가 들려주는 이야기에 귀를 기울이며 차려진 음식을 조금씩 입으로 가져갔다.

오후 2시경이면 클레망스는 퍼뜩 정신을 차렸다. 세 시간만 있으면 위의 두 아이들이 집에 돌아올 텐데 자신은 아이를 둔 주부로서 해야 할 일을 전혀 해놓지 않았던 것이다.

그녀는 재빨리 평상복으로 갈아입고 거리 모퉁이로 달려가 평범한 식료품을 사오고, 집안을 대충 치우고, 빨랫감을 세탁기에 던져 넣은 후 아이들을 데리러 학교로 갔다. 그렇게 서둘러 일을 해치우느라 플렉트뤼드의 옷을 갈아입히는 데 신경 쓸 시간적·정신적 여유가 없을 때도 있었다. 그녀가 그 일을 잊어버리는 건 그녀 자신의 눈에는 그런 차림이야말로 아이에게 가장 잘 어울리는 것으로 보였기 때문인지도 모른다.

 그리하여 경쾌한 태도의 젊은 여자가 천일야화의 공주도 엄두를 못 낼 화려한 차림의 꼬마 여자애의 손을 붙들고 거리를 걸어가는 것이 목격되었다.

 학교 교문 앞에 모여선 사람들 사이에서 그들의 모습은 당혹감과 폭소와 감탄과 분개를 차례로 불러일으켰다.

 니콜과 베아트리스는 동생의 기묘한 옷차림을 보고 언제나 탄성을 내질렀지만, 어떤 학부모들은 그들에게까지 들리는 커다란 목소리로 이렇게 수군댔다.

 "아이에게 저런 옷을 입힐 생각을 하다니!"

 "아이가 서커스단 동물인 줄 아는가 보군."

 "저 꼬마가 나중에 잘못된대도 이상할 게 없지!"

 "사람들 관심을 끌려고 자기 아이를 이용하는 건 옳지 못해."

 물론 아이의 출현 앞에서 감동하는, 덜 심술궂은 어른들도 있었다. 아이는 그런 일에서 쾌감을 느끼며 그렇게 남의 시선을 받는 것을 당연한 것으로 여겼다. 거울에 비친 자신의 모습이 얼마나 아름다운지 확인하고 감각적인 감동을 받지 않았던가.

이쯤에서 여담을 하나 삽입해 쓸데없이 길어지는 서두를 마무리 짓도록 하자. 이 여담은 세상의 '아르시노에'들에게 보내는 편지라고도 할 수 있다.

몰리에르의 작품 〈인간 혐오자〉 속에서 젊고 예쁘고 매력적인 셀리멘은 늙고 신랄한 아르시노에의 비난을 듣는다. 질투로 새파래진 아르시노에는 셀리멘에게 스스로의 아름다움을 과시해서는 안 된다고 힘주어 말한다. 그러자 셀리멘은 너무나도 유쾌한 방식으로 그에 대응한다. 하지만 몰리에르가 아무리 천재적인 솜씨를 발휘했다 한들 무슨 소용인가. 그로부터 거의 4세기가 지난 오늘날까지도, 거울 앞에서 미소짓고 있는 미녀들에게 사람들은 우울하고 금욕적이고 교훈적인 이야기를 늘어놓고 있는 것이다.

이 글을 쓰는 나는 거울 속에 비친 스스로의 모습을 보며 기쁨을 경험한 적이 없지만, 그런 은총이 주어졌다면 그 무구한 즐거움을 결코 거부하지 않았으리라.

이 여담은 무엇보다도 전 세계의 아르시노에들을 위한 충고이다. 사실 그런 일을 어떻게 비난할 수 있단 말인가? 그 행복한 여자들이 자신의 아름다움에 흠뻑 취한다고 해서 누구한테 해가 된단 말인가? 오히려 그들은 자신들의 아름다운 모습을 감상할 기회를 제공함으로써 서글픈 상황에 처한 우리에게 은혜를 베풀어주는 셈이 아닐까?

내가 여기서 말하는 미인이란 거짓 아름다움으로 다른 사람들을 경멸하고 배척하는 이들이 아니라, 자신의 모습에 소박하게 매혹되어 그 자연스러운 기쁨을 다른 이들에게도 전하고자 하는 이들을 말한다.

만약 아르시노에들이 셀리멘들을 거세게 비난하면서 자신들의 외모에서 그나마 봐줄 만한 부분을 부각시키려 애쓴다면, 그들은 두 배로 추해질 것이다.

교문 앞에서는 벌써부터 온갖 연령대의 아르시노에들이 플렉트뤼드를 공격하고 있었다. 플렉트뤼드, 선량한 셀리멘은 그런 것에 개의치 않고 자신을 찬미하는 이들에게만 관심을 기울였다. 그 애는 찬미자들의 얼굴에 매혹된 표정이 떠올라 있는지 살폈다. 사람들의 그런 표정을 보며 느끼는 천진한 기쁨이 그 애를 더욱 돋보이게 했다.

클레망스는 세 아이들과 함께 집으로 돌아왔다. 위의 두 아이들이 숙제를 하거나 그림을 그리는 동안, 그녀는 산문적인 식사 — 햄이나 수프 같은 — 를 준비하면서 플렉트뤼드를 위해 만들었던 음식과 얼마나 다른지를 생각하고 피식 웃었다.

하지만 막내아이를 편애한다고 그녀를 비난할 수는 없다. 그녀는 세 아이들을 똑같이 사랑했다. 다만 아이들 각각이 자신에게 불러일으키는 감정에 걸맞게 대응했을 뿐이었다. 니콜과 베아트리스에게는 사려 깊고 차분한 사랑을, 플렉트뤼드에게는 열광적이고 동화적인 사랑을 느끼고 있다고 해서 그녀를 나쁜 엄마라고 할 순 없다.

플렉트뤼드에게 네번째 생일 선물로 무엇을 원하는지 묻자, 그 애는 망설이지 않고 아주 명료하게 대답했다.

"발레 슈즈요."

그 말로 아이는 부모들에게 자신이 무엇이 되고 싶은지 미묘하게 암시했다.

클레망스로서는 그 이상 기쁜 일이 없었다. 열다섯 살 때 파리 오페라 극장 무용 수습생 시험에서 떨어진 그녀에게는 그 일이 줄곧 상처로 남아 있었다.

플렉트뤼드는 기초 발레 강좌에 등록했다. 그곳에서 그

애는 강렬한 눈빛을 가졌다는 이유로 거절당하기는커녕 즉시 두각을 나타냈다.

"이 아이에겐 발레리나의 눈이 있습니다."

교사가 말했다.

"발레리나의 눈이라뇨? 이 애가 발레리나의 체격과 우아함을 갖추었다는 말씀이겠죠?"

클레망스가 놀라서 물었다.

"그렇습니다, 이 애는 그런 것들도 갖추고 있습니다. 아울러 발레리나의 눈빛을 갖고 있습니다. 그렇고말고요. 그 점이야말로 가장 중요하고 아주 드문 일이지요. 시선이 없다면 발레리나는 춤으로 자신을 드러낼 수가 없습니다."

분명한 것은 춤을 출 때 플렉트뤼드의 시선에 특별한 힘이 실린다는 사실이었다. '저 애는 자기 자신에게 어울리는 일을 찾아낸 거야.' 클레망스는 생각했다.

다섯 살이 되었지만 플렉트뤼드는 유치원에 가지 않았다. 클레망스는 그 애가 일주일에 네 차례 발레 수업을 받는 것으로 다른 아이들과 함께 살아나가는 법을 익히는

데 충분하다고 생각했다.

"유치원에서 꼭 그런 것만 배우는 건 아니잖아."

드니가 항의조로 말했다.

"종이 붙이기 하는 법, 장식 목걸이와 마크라메 레이스 만드는 법 같은 걸 저 애가 정말 배워야 할까?"

클레망스는 하늘을 쳐다보며 대꾸했다.

실제로 클레망스는 플렉트뤼드와 단 둘이 보낼 수 있는 시간을 가능한 한 연장하고 싶었다. 그녀는 아이와 더불어 보내는 그런 시간이 너무나도 좋았다. 게다가 발레 수업에는 유치원이 갖지 못한 뚜렷한 장점이 있었다. 그 수업에는 학부형의 참관이 허락되었던 것이다.

클레망스는 황홀한 자부심에 차서 플렉트뤼드가 몸을 돌려 회전하는 것을 지켜보았다. "저 애에겐 재능이 있어!" 플렉트뤼드에 비하면 다른 여자애들은 새끼오리들 같았다.

수업이 끝나면 교사가 언제나 그녀에게 다가와 말했다.

"이 애는 발레를 계속해야 합니다. 정말 탁월해요."

클레망스는 딸을 데리고 집으로 돌아오며 교사가 해준 칭찬의 말을 들려주었다. 플렉트뤼드는 그런 찬사를 주인공다운 품위를 갖고 받아들였다.

"어쨌든 유치원은 의무 교육이 아니니까." 드니는 그렇게 결론지었다. 그의 태도에는 아내의 말에 동의하는 사내의 흐뭇한 체념이 서려 있었다.

하지만 초등학교 준비 과정(프랑스의 초등학교 과정은 5년으로 준비 과정, 기초 과정, 중급 과정으로 나뉘어 각 단계마다 진급 시험이 있다 : 역주)은 플렉트뤼드로서도 피해 갈 수 없는 일이었다.

8월에 남편이 플렉트뤼드를 학교에 보낼 준비를 하자, 클레망스가 항의했다.

"이 애는 겨우 다섯 살이란 말이야!"

"10월이 되면 여섯 살이 되는걸."

이번에는 드니도 물러서지 않았다. 9월 1일 그는 두 아이가 아닌 세 아이를 학교에 데려다 주었다.

게다가 플렉트뤼드 자신도 학교에 다니는 것에 반대하지 않았다. 그 애는 책가방을 들고 다닐 수 있다는 생각에 오히려 우쭐해 있었다. 그리하여 새 학년이 시작되자 아주 기묘한 광경이 목격되었다. 정작 학교에 가는 아이는 아무렇지도 않은데 그런 아이를 바라보며 어머니가 훌쩍거렸던 것이다.

플렉트뤼드는 이내 학교에 환멸을 느꼈다. 학교 공부는 발레 수업과 너무나도 달랐다. 여러 시간 동안 꼼짝하지 않고 앉아서 어떤 여자가 늘어놓는 재미없는 이야기를 듣고 있어야 했다.

쉬는 시간이 되었다. 플렉트뤼드는 운동장으로 나가 깡충깡충 뛰었다. 꼼짝도 하지 않고 앉아 있는 데 진력이 나 있었던 것이다.

다른 아이들은 함께 어울려 놀았다. 대부분의 아이들이 유치원 때부터 아는 사이였다. 그들은 여러 가지 것들에 대해 이야기를 나누었다. 플렉트뤼드는 그들이 무슨 이야기를 하고 있는지 궁금했다.

그 애는 아이들에게 다가가 귀를 기울였다. 수많은 소리들이 합쳐진 끊임없는 소음 속에서 그 애는 개개인의 목소리를 구별할 수 없었다. 여자 선생님, 방학, 마갈리라는 여자애, 고무줄, 말라바르를 날 줘, 그럼 마갈리는 내 꺼다, 입 닥쳐 이 바보 같은 놈아, 넌 사탕 없지, 마갈리와 같은 반이 되었으면 좋았을 걸, 그만해, 이젠 너랑 안 놀

거야, 선생님께 이를 테야, 이런 고자질쟁이, 네가 먼저 날 밀었잖아, 마갈리가 좋아하는 건 네가 아니라 나야, 네 신발 무지 괴상하다, 그만두지 못해, 여자애들은 참 이상해, 너랑 같은 반이 아니어서 정말 다행이다, 그런데 마갈리는……

플렉트뤼드는 공포에 질려 달아났다.

그런 다음에는 다시 여교사의 이야기를 들어야 했다. 그 여자의 이야기가 언제나 재미없는 것은 아니었다. 적어도 아이들의 수다보다는 일관성이 있었다. 꼼짝도 하지 않고 앉아 있어야 한다는 규정만 아니라면 참을 만했다. 다행히 교실에는 창이 있었다.

"너, 대답해 봐!"

'너 대답해 봐!'가 다섯번째로 울려퍼지고 학급 아이들 모두가 웃음을 터뜨린 다음에야 플렉트뤼드는 그것이 자신에게 하는 말임을 깨닫고 어리둥절한 눈길로 주위를 둘러보았다.

"넌 왜 그렇게 느린 거냐!" 여교사가 비난하듯 말했다.

아이들 모두가 고개를 돌리고 현장범이라도 되는 것처럼 그 애를 보고 있었다. 고통스러운 순간이었다. 꼬마 발레리나는 자신이 무슨 잘못을 저질렀을까 자문했다.

"창문이 아니라 날 쳐다봐야지!"

여자가 결론처럼 말했다.

대답할 말이 없었으므로, 아이는 침묵을 지켰다.

" '알겠습니다, 선생님.' 이라고 해야지!"

"알겠습니다, 선생님."

"네 이름이 뭐지? 앞으로 지켜볼 거야!" 교사는 이름을 생각해내려 애쓰는 표정으로 물었다.

"플렉트뤼드예요."

"뭐라고?"

"플렉트뤼드."

아이가 명료한 목소리로 또박또박 대답했다.

그 이름이 얼마나 특이한지 깨닫기에 아이들은 아직 너무 어렸다. 하지만 교사는 달랐다. 그녀는 두 눈이 휘둥그레지더니 출석부를 확인한 다음 말했다.

"네가 이름으로 관심을 끌려고 했다면 성공한 것 같구나."

그 애가 직접 자기 이름을 지었다고 여기는 것 같은 말투였다.

아이는 생각했다. '웃기는걸! 관심을 끌려고 애쓰는 건 바로 자기면서! 그 증거로 저 아줌마는 우리가 자신이 아닌 다른 데를 쳐다보는 걸 못 참잖아! 저 아줌마는 주목받고 싶어 해. 하지만 그럴 정도로 재미있게 이야기를 하지도 못하면서!'

하지만 교실에서는 교사가 대장이었으므로, 아이는 그녀의 말에 복종했다. 아이는 커다란 눈으로 뚫어져라 교사를 쳐다보기 시작했다. 교사는 그 시선에 신경이 곤두섰지만, 자신의 말을 스스로 뒤집게 되므로 그러지 말라고 할 수 없었다.

플렉트뤼드에게 가장 견디기 어려운 것은 점심시간이었다. 젖먹이의 토사물과 소독제가 뒤섞인 것 같은 독특한 냄새로 가득 차 있는 넓은 식당에 들어가야 했다.

탁자에는 열 명씩 앉게 되어 있었다. 플렉트뤼드는 어디에 앉아야 할지 알 수 없어 두 눈을 감았다. 아이들의 물결에 떠밀려 그 애는 낯선 아이들이 앉아 있는 탁자에 이르렀다.

사람들이 내용물과 색깔을 식별할 수 없는 음식이 담긴

쟁반을 가져왔다. 공포에 질린 플렉트뤼드는 그 이상한 물질을 정말 자기 접시에 옮겨 담아야 할지 마음을 정할 수 없었다. 사람들이 묻지도 않고 그 애의 접시에 음식을 옮겨 담았다. 그 애 앞에 놓인 그릇에는 푸르스름한 수프와 갈색 고기조각들이 가득 담겨 있었다.

그 애는 운명이 왜 이토록 잔인한지 자문했다. 이제까지 그 애가 먹은 점심은 그야말로 동화 속 식사였다. 바깥 세상과의 사이에 붉은 벨벳 천을 드리우고 촛불 아래서 멋지게 옷을 차려입은 아름다운 엄마가 과자와 크림을 가져다주지 않았던가. 천상의 음악을 들으면서 내키지 않으면 굳이 먹을 필요도 없었다.

그런데 이상한 냄새가 나는 보기 흉한 공간에서 우둔하고 지저분한 아이들이 고함을 쳐대는 가운데 사람들이 자신의 접시에 팽개치듯 녹색 퓌레를 담아놓은 것이다. 그것을 다 먹지 않고는 식당을 나갈 수 없을 터였다.

그런 부당한 운명에 분노한 아이는 그릇을 비우는 의무에 착수했다. 그 일은 고통스러웠다. 정말이지 음식을 삼키기가 어려웠다. 반쯤 먹던 아이는 접시에 먹은 것을 토하고 말았다. 순간 그 애는 식당에 떠도는 문제의 냄새가 바로 토사물의 냄새라는 걸 깨달았다.

"꺅, 더러워!" 아이들이 외쳤다.

어떤 여자가 다가와 그 애의 그릇을 들어 보더니 한숨을 내쉬었다.

"오! 이런!"

적어도 그날 그 애는 더 이상 음식을 먹지 않아도 되었다.

그런 악몽을 겪은 다음 또다시 여교사의 이야기를 들어야 했다. 여자는 사람의 관심을 끌기 위해 애쓰고 있었지만 역부족이었다. 여자는 칠판 위에 전혀 아름답지 않은 선들을 잔뜩 그려놓았다.

오후 네시 반 플렉트뤼드는 마침내 그 불합리하고 더러운 곳에서 해방될 수 있었다. 교문 앞에서 엄마를 발견한 그 애는 구원이라도 받은 것처럼 달려갔다.

클레망스는 첫눈에 아이가 얼마나 고통을 받았는지 알 수 있었다. 아이를 품에 안고 그녀는 격려의 말을 중얼거렸다.

"자, 자, 이젠 괜찮아. 이젠 괜찮아."

"정말이야? 다시 학교에 가지 않아도 돼?"

아이가 희망에 찬 어조로 물었다.

"아니, 가야 해. 이건 의무 교육이거든. 하지만 곧 적응할 거야."

그 말에 충격을 받은 플렉트뤼드는 인간이 행복해지기 위해 태어난 것이 아님을 깨달았다.

플렉트뤼드는 적응할 수 없었다. 학교는 줄곧 지옥으로 남아 있었다.

다행히 발레 시간이 있었다. 수업 시간에 여교사가 가르치는 것이 무익하고 저속했다면, 발레 교사는 필수적이고 고상한 것들을 가르쳤다.

이런 차이는 몇 가지 문제를 발생시켰다. 몇 달 후 학급 아이들 대부분은 숫자를 읽고 쓸 수 있게 되었지만, 플렉트뤼드는 그런 것들이 자신과 전혀 관계없다고 단정한 듯했다. 담임교사가 가리키는 칠판에 씌어진 숫자를 읽어야 할 순서가 되면, 그 애는 지나치다 싶게 무관심을 드러내며 아무 숫자나 되는 대로 중얼거렸고, 그것은 매번 정답이 아니었다.

담임교사는 마침내 그 열등생의 부모를 소환하기에 이르렀다. 드니는 그런 일에 몹시 거북해했다. 니콜과 베아트리스는 성실한 학생이었으므로, 그는 그런 종류의 모욕에 익숙치 않았다. 클레망스는 입 밖에 내어 말하지는 않았지만 막연한 자부심을 느꼈다. 그 반항적인 꼬마는 다른 애들과는 정말이지 결정적으로 다르지 않은가.

"만약 줄곧 이런 식이라면, 이 애는 낙제를 면할 수 없어요!" 담임교사가 위협적인 어조로 말했다.

아이 엄마의 눈이 찬탄으로 휘둥그레졌다. 초등학교 준비 과정에서 낙제한 아이가 있다는 이야기는 들어본 적이 없었다. 그 일은 그녀에게 특별함, 대담함, 고상한 무례로 여겨졌다. 도대체 어떤 아이가 초등학교 준비 과정에서 낙제를 한단 말인가? 평범하기 짝이 없는 아이들이 아무 어려움 없이 치러내는 그 과정에서 자기 딸은 벌써 자신이 남다르다는 것, 아니 예외적이라는 것을 당당하게 알리고 있지 않은가!

하지만 드니는 사태를 그런 식으로 받아들이지 않았다.

"우리가 어떻게든 해결해보겠습니다, 선생님. 우리가 조치를 취하겠어요!"

"낙제를 피할 수도 있나요?" 클레망스는 자신의 말을 거꾸로 새겨들어 주기를 바라며 물었다.

"물론이에요. 그 애가 학기말까지 글자를 읽을 수 있게 되기만 한다면요."

아이 어머니는 실망의 기색을 애써 감추었다. 너무 쉬운 조건이 아닌가!

"그 애는 글자를 읽을 수 있을 겁니다, 선생님. 이상하군요. 무척 똑똑해 보이는데요." 드니가 대답했다.

"있을 수 있는 일입니다, 드니 씨. 문제는 그 애가 글자에 관심이 없다는 점입니다."

"그 애가 글자에 관심이 없다고요! 정말 대단한 아이예요. 글자에 관심이 없다니! 그렇게 특이할 수가! 다른 아이들은 군말 없이 주는 대로 받아먹고 있는데, 제 딸 플렉트뤼드는 벌써 관심 가는 것과 아닌 것을 구별하고 있으니 말이에요!"

"글자에는 관심이 가지 않아요, 아빠."
"하지만 책을 읽을 줄 알면 무척 재미있을 거야!"
드니가 반박했다.

"어째서요?"

"왜냐하면 이야기를 읽을 수 있으니까."

"맞아요. 읽기 책에서 담임선생님이 우리에게 때때로 이야기들을 읽어 주는데요. 너무 따분해서 전 이내 귀를 막고 마는 걸요."

그 말을 듣고 클레망스는 속으로 박수를 쳤다.

"낙제하고 싶니? 그게 네가 원하는 거야?"

드니가 화를 냈다.

"난 발레리나가 되고 싶어요."

"발레리나가 되기 위해서라도 학년을 올라가야 해."

그 순간 클레망스는 남편의 말이 옳다는 것을 깨달았다. 그녀는 즉각 행동에 착수했다. 자기 방으로 가서 그녀는 지난 세기에 간행된 두툼한 책을 한 권 찾아 왔다.

그녀는 아이를 무릎에 앉히고 경건한 동작으로 동화책의 책장을 넘겼다. 내용을 읽어줄 필요도 없었다. 그저 아름다운 그림들을 보여주는 것으로 충분했다.

그것은 아이의 인생에서 하나의 충격적인 사건이었다. 땅에 발을 딛기에는 너무나도 아름다운 모습의 공주들이 탑 속에 갇혀 파랑새의 모습을 한 왕자들에게 이야기를 건네는 그림을 보면서 그 애는 한 번도 경험해 보지 못한 감동을 맛보았다. 동화 속 왕자들은 더러운 옷을 입고 있었지만 그로부터 4페이지 후에는 완전히 달라진 고상한 모습으로 나타났다.

그 순간 그 애는 어린 소녀들만이 가질 수 있는 확신으로 자신이 언젠가 슬픔에 젖은 두꺼비나 심술궂은 마녀나 동물로 바뀐 왕자를 본모습으로 되돌려 놓는 그런 사람이 되리라는 것을 알았다.

"걱정하지 마. 이번 주말이 되기 전에 저 애는 글자를 읽게 될 테니까." 클레망스가 드니에게 말했다.

결과는 그 이상이었다. 이틀 후 플렉트뤼드의 두뇌는 교실에서는 열중할 수 없었던 쓸모없고 지루한 글자들에서 기호와 소리와 의미간의 맥을 찾아냈던 것이다. 다시 이틀 후 그 애는 같은 학년의 상위권 학생들보다 백 배는 더 잘 읽을 수 있게 되었다. 그러므로 지식에 접근하기 위한 유일한 열쇠는 욕망이라는 말이 맞다는 것이 입증된 셈이었다.

그 애에게 동화책은 삽화 속에 나오는 공주가 되는 데

필요한 설명서 같은 것이었다. 이제부터 그 애에게 독서는 필수적인 일이 되었다. 그 애는 그 책을 완전히 소화하는 실력을 갖기에 이르렀다.

"저 책을 저 애에게 좀 더 일찍 보여주지 그랬어?"

드니가 감탄했다.

"저 동화책은 보석 같은 거야. 너무 빨리 보여줘서 사태를 망쳐버리고 싶진 않았거든. 저 애가 예술 작품을 이해할 나이가 될 때까지 기다려야 했어."

다시 이틀 후 담임교사는 기적을 확인했다. 그 어떤 글자도 구별하지 못하던 그 특이한 열등생이 이제는 열 살짜리들이 모여 있는 윗학년 학급에서 제일 공부 잘하는 아이만큼이나 능숙하게 글을 읽을 수 있었던 것이다.

전문가가 다섯 달 동안에도 가르치지 못한 것을 그 애는 이틀만에 혼자서 습득했다. 담임교사는 아이 부모들에게 비밀 학습법이 있는 모양이라고 여기고 전화를 걸었다. 자부심으로 이성을 잃은 드니가 교사에게 사실을 이야기했다.

"우리가 한 일은 아무것도 없습니다. 그저 그 애에게 읽고 싶은 생각이 들만한 아름다운 책을 한 권 보여주었을 뿐입니다. 그 애에게 필요한 건 바로 그런 것이었어요."

그런 솔직한 대답을 하는 순간 아이 아버지는 자신이 얼마나 커다란 실수를 저지르고 있는지 깨닫지 못했다.

그때까지도 플렉트뤼드를 귀여워한 적이 없었던 담임교사는 그 순간부터 그 애를 미워하기 시작했다. 그 여자는 그 기적적인 일을 개인적인 모욕으로 받아들였을 뿐 아니라, 평범한 사람들이 자신보다 지능적으로 탁월한 이에 대해 느끼는 증오에 가까운 감정을 그 아이에게 품기에 이르렀다.

"따님에겐 책이 아름다워야 하는군요! 이것 보십시오! 다른 아이들에게는 이 책도 충분히 아름답단 말입니다!"

분노와 당혹감 속에서 담임교사는 비난의 대상이 된 교과서를 처음부터 끝까지 다시 읽어보았다. 거기에는 웃기 잘하는 소년 티에리와 동생에게 간식으로 버터 빵을 만들어 주는 미슐린의 일상생활이 자세하게 서술되어 있었다. 미슐린은 이성적인 소녀였으므로 동생이 저지르는 어리석은 짓을 미리 막곤 했다.

"그래, 정말 재미있어! 이건 생생하고 멋진 내용이야!

그 아이에겐 도대체 뭐가 필요하다는 거지?"

읽기를 마친 교사가 소리쳤다.

플렉트뤼드에게는 황금, 몰약, 향료, 주홍색 외투, 백합, 별들이 수놓인 푸른 벨벳 같은 밤, 귀스타브 도레의 판화, 진지하고 아름다운 눈과 미소가 얼어붙은 입술을 지닌 소녀들, 고통스러울 정도로 매혹적인 늑대들, 불길한 숲이 필요했다. 요컨대 소년 티에리와 그의 누나 미슐린의 간식 따위가 아닌 것이 필요했던 것이다.

담임교사는 기회가 생길 때마다 놓치지 않고 플렉트뤼드에게 자신의 증오를 표출했다. 플렉트뤼드가 산수에서 꼴찌를 면하지 못하자, 교사는 그 애에게 '구제불능'이라는 딱지를 붙였다. 어느 날 그 애가 기본적인 덧셈을 해내지 못하자, 교사는 아이를 제자리로 돌려보내며 말했다.

"아무리 애써 봤자 소용없어. 넌 이 문제를 풀 수 없을 테니까."

초등학교 준비 과정의 아이들은 맹목적인 모방기에 속해 있어, 어른은 언제나 옳다, 어른의 말에 이의를 제기하는 것은 생각조차 할 수 없다고 여긴다. 그리하여 반 아이들 역시 플렉트뤼드를 경멸하기에 이르렀다.

같은 논리로 발레 시간이면 그 애는 여왕이었다. 발레 교사는 그 아이의 소질에 열광했고, 입 밖으로 내어 말하지는 않았지만(왜냐하면 다른 아이들에게 그다지 교육적이라고 할 수 없었으므로), 그 애를 자신이 만난 최고의 학생으로 간주했다. 그리하여 아이들은 프렉트뤼드를 숭배했고, 그 애 곁에서 춤을 추기 위해 팔꿈치로 서로를 찔러댔다.

따라서 플렉트뤼드는 아주 대조적인 두 개의 삶을 살고 있는 셈이었다. 학교 수업 시간에는 아무도 그 애의 편을 들지 않았지만, 발레 시간에는 그 애가 주인공이었다.

총명한 플렉트뤼드는, 같이 발레를 배우는 여자애들이 자신과 같이 공부를 하게 된다면, 아마도 제일 먼저 자신을 경멸하게 되리라는 것을 알고 있었다. 그런 이유에서 플렉트뤼드는 자신과 친구가 되고 싶어 하는 발레 학원 여자애들과 거리를 두었다. 그 애의 그런 태도는 꼬마 발레리나들을 더욱 달아오르게 했다.

산수 공부에 노력을 기울인 끝에 그 애는 그해말 진급

에 가까스로 성공했다. 그 상으로 부모들은 그 애에게 벽에 붙여 사용하는 발레 연습용 보조봉을 사주었다. 커다란 거울 앞에서 연습할 수 있도록 하기 위해서였다. 그 애는 방학을 무용 연습으로 보냈다. 8월말 그 애는 한쪽 발을 손으로 잡고 설 수 있었다.

개학을 하자 놀라운 일이 그 애를 기다리고 있었다. 학급의 구성이 지난해와 똑같았던 것이다. 예외가 있다면 새로 여학생 하나가 들어온 것뿐이었다.

새로 들어온 아이를 아는 사람은 그 반에서 플렉트뤼드뿐이었다. 새로 들어온 여학생은 바로 발레 학원의 로젤린이었던 것이다. 자신의 우상과 같은 반이 되었다는 기쁨에 취한 로젤린은 플렉트뤼드 옆자리에 앉게 해달라고 청했다. 누군가 그 자리에 앉고 싶어 한 것은 그때가 처음이었다. 그리하여 로젤린에게 그 자리가 주어졌다. 로젤린에게 플렉트뤼드는 절대적인 이상형이었다. 그 애는 기적적으로 자기 짝이 된, 그 사귀기 어려운 소녀를 넋을 잃고 응시하면서 여러 시간을 보내곤 했다.

플렉트뤼드는 그 애가 자신에게 갖고 있는 숭배의 감정이 학급에서 자신이 전혀 인기 없는 존재라는 사실을 알고 난 후에도 변하지 않을지 궁금했다. 그러던 어느 날 담임교사가 산수를 못하는 플렉트뤼드의 약점을 지적하자 아이들이 심술궂고 어리석은 말로 그 애를 놀려댔다. 그러자 분개한 로젤린이 놀림의 대상이 된 플렉트뤼드에게 말을 걸었다.

"애들이 너한테 뭐라고 했는지 알아?"

그런 일에 익숙해 있던 열등생은 어깨를 으쓱해 보였다. 로젤린은 그런 그 애가 더욱 존경스럽다고 생각하며 이렇게 말했다.

"난 저런 애들 정말 싫어!"

그 순간 플렉트뤼드는 자신에게 친구가 생긴 것을 알았다.

그 사건은 플렉트뤼드의 생활을 바꿔놓았다.

아이들에게 있어 우정이 갖는 특권을 어떻게 설명해야 할까? 아이들은 의무적으로 부모와 형제자매를 사랑해야 한다고 잘못 알고 있다. 자기들이 보기에는 의무인 그런 사랑이 미덕이 될 수 있다는 생각 같은 것은 하지 못한다. "우리 형이니까(아버지니까, 누나니까……) 사랑해야지.

그건 의무잖아." 전형적인 아이들의 말이다.

그런 아이들에게 있어서 친구란 자신을 선택한 존재다. 친구란 자신에게 의무가 아닌 것을 주는 사람이다. 따라서 아이들에게 우정은 최고의 호사다. 그 호사는 천성이 선한 이들이 가장 간절하게 원하는 그 무엇이다. 우정은 아이에게 존재의 진정한 호사란 게 어떤 것인지 가르쳐 준다.

집으로 돌아온 플렉트뤼드는 엄마에게 엄숙하게 그 사실을 알렸다.

"내게 친구가 생겼어."

그 애가 그런 이야기를 한 것은 처음이었다. 클레망스는 처음에 가슴이 죄어드는 것 같았다. 그녀는 즉각 스스로를 납득시켰다. 그 침입자와 자신 사이에 경쟁 같은 것이 있을 수 없었다. 친구란 지나가는 존재지만, 어머니는 줄곧 그 자리에 남는 법이다.

"그 애를 저녁 식사에 초대하렴." 그녀가 말했다.

플렉트뤼드는 놀라서 두 눈이 휘둥그레졌다.

"왜?"

"뭐라고, 왜라니? 우리한테 그 애를 소개해야지. 네 친구가 어떤 앤지 알고 싶단다."

이제 플렉트뤼드는 누군가를 사귀려면 그 사람을 저녁 식사에 초대해야 한다는 것을 알게 되었다. 그런 일이 그 애에게는 불안하고 불합리해 보였다. 음식을 먹는 모습을 보아야 그 사람을 더 잘 알게 된단 말인가? 그게 사실이라면, 학교에서 아이들이 자신을 어떻게 생각할지 떠올리기도 싫었다. 학교 식당은 그 애에게 있어서 고문장이자 구토의 장소였다.

누군가에 대해 알고 싶다면 자신은 그 애에게 함께 놀자고 청하겠다고 플렉트뤼드는 생각했다. 사람들은 놀 때에야말로 자신의 모습을 솔직하게 드러내지 않는가?

그렇다고 플렉트뤼드가 로젤린을 집에 초대하지 않은 것은 아니었다. 어른들의 관습을 따르지 않을 수 없었던 것이다. 식사는 순조로웠다. 플렉트뤼드는 예의상의 절차가 끝나기를 초조하게 기다렸다. 그녀는 친구와 함께 자기 방에서 자게 될 터였다. 그 일이 그 애에게는 너무나도 멋지게 여겨졌다.

마침내 그들은 불을 껐다.

"넌 어둠이 무섭니?" 그 애가 기대를 품고 물었다.
"응." 로젤린이 대답했다.
"난 안 무서워!"
"어둠 속에서는 괴물들이 나타날 것 같아."
"나도 그래. 그런데 난 그게 좋아."
"그게 좋아, 용들이?"
"그럼! 그리고 박쥐들도 좋아."
"그런 게 무섭지 않아?"
"안 무서워. 왜냐하면 그들의 여왕은 바로 나거든."
"어떻게 알아?"
"내가 그러기로 결정했으니까."
로젤린은 그런 설명이 멋지다고 생각했다.
"난 어둠 속에 있는 모든 것들의 여왕이야. 메두사, 악어, 뱀, 거미, 상어, 공룡, 달팽이, 문어 같은 것들 말이야."
"그런 것들이 혐오스럽지 않아?"
"전혀. 내겐 멋져 보이는걸."
"그럼 넌 싫어하는 게 아무것도 없니?"
"있어! 말린 무화과가 싫어."
"말린 무화과는 무섭지 않잖아!"

"너 그거 먹니?"

"응."

"앞으론 먹지 마, 날 좋아한다면 말이야."

"어째서?"

"그건 상인들이 질겅질겅 씹다가 던져놓은 거야."

"그게 무슨 말이야?"

"그것들이 왜 그렇게 찌부러지고 못생겼을 것 같니?"

"그럼 네 말이 사실이란 말이야?"

"틀림없어. 그걸 파는 여자들이 씹다 뱉어 놓은 거야."

"어휴!"

"알겠지! 이 세상에 말린 무화과보다 더 혐오스러운 건 없어."

그 둘은 같이 혐오하는 것이 생겨서 너무나도 좋았다. 그런 공통점은 그들을 행복의 절정으로 이끌었다. 그들은 기쁨의 탄성을 내지르며 말린 무화과의 역겨운 면에 대해 시시콜콜 이야기했다.

"맹세코 난 이제부터 결코 그걸 먹지 않겠어." 로젤린이 엄숙하게 말했다.

"고문을 당해도?"

"고문을 당해도."

"누군가 네 입 속에 강제로 그걸 밀어 넣으면?"

"분명히 토할 거야!" 로젤린이 새색시 같은 목소리로 대답했다.

그날 밤 그들의 우정은 신비스러운 숭배의 수준에 올랐다.

학급에서 플렉트뤼드의 지위가 바뀌었다. 페스트 환자 같은 위치에서 최고의 친구에게 사랑받는 위치가 되었다. 플렉트뤼드를 숭배하는 아이가 그 애처럼 열등생이었다면, 학급 아이들은 줄곧 그 애를 우습게 여겼을 터였다. 하지만 로젤린은 아이들의 눈에 모든 점에서 탁월한 학생이었다. 새로 들어온 아이라는 그 애의 유일한 결점은 시간이 지나면 곧 사라지는 그런 종류의 것이었다. 그 결점이 사라지자마자 아이들은 플렉트뤼드에 대해 자신들이 잘못 생각했을지도 모른다는 의문을 갖게 되었다.

물론 그런 생각이 공공연하게 말로 교환되지는 않았다. 그저 반 아이들 전체의 무의식을 떠다니고 있을 뿐이었다. 그런 만큼 그 영향력은 더욱 컸다.

물론 플렉트뤼드는 여전히 산수와 다른 여러 과목에서 열등생이었다. 하지만 아이들은 어떤 과목을 못하는 것, 특히 그 정도가 몹시 심한 경우에는 감탄할 만한 영웅적인 점이 있음을 알게 되었다. 점차 그 전복적인 존재 양식의 매력을 이해하게 된 것이다.

하지만 담임교사는 그것을 이해하지 못하는 듯했다.

부모들이 다시 불려갔다.
"허락하신다면, 따님에게 테스트를 받게 했으면 합니다."

거부할 방법이 없었다. 드니는 그런 말을 듣고 심한 모욕감을 느꼈다. 사람들이 자신의 딸을 정신지체자로 여기고 있지 않은가. 클레망스는 떨 듯이 기뻐했다. 이것이야말로 플렉트뤼드가 탁월하다는 증거가 아닌가. 그 애가 정신박약아일지도 모른다는 말을 듣게 된다 해도 클레망스는 그것을 특별하다는 표지로 받아들일 터였다.

그리하여 온갖 종류의 수열, 난해한 열거, 맥락이 닿지 않는 수수께끼 같은 기하학적 형태, 연산이라는 거창한 말로 불리는 공식들이 문제로 주어졌다. 아이는 큰소리로 웃고 싶은 걸 감추기 위해 가능한 한 재빨리 기계적으로 대답했다.

우연이었을까, 아니면 그런 즉흥적인 대답의 결과였을까? 테스트 결과 아이는 놀랍도록 높은 지능의 소유자로 판명되었다. 그리하여 플렉트뤼드는 한 시간만에 일개 초등학생에서 천재로 격상되었다.

"난 전혀 놀랍지 않아." 아이의 어머니는 남편의 경탄에 분개하며 한 마디 했다.

자신을 지칭하는 용어가 그런 식으로 바뀌자 여러 가지 이점이 있다는 것을 아이는 얼마 지나지 않아 알게 되었다. 그 애가 어떤 문제를 풀지 못하면, 전에는 담임교사의 한심해하는 시선을 받고 못된 아이들의 놀림을 당해야 했다. 하지만 이제 그 애가 간단한 계산을 끝내지 못하고 있으면, 담임교사는 그 애가 알바트로스(샤를 보들레르의 시에서 뱃사람들의 조롱을 당하는 커다란 새 알바트로스는, 대양을 높이 날지만 배 위에서는 제대로 걷지도 못하는 새로 지상에 유배된 시인을 상징한다 : 역주)라도 되는 것처럼, 탁월한 지성이 오히려 간단한 계산에 방해가 되고 있기라도 한 것처럼 그 애를 지켜보았다. 그래서 오히려 어리석게도 그 문제의 답을 찾아낸 동급생들이 수치심을 느껴야 했다.

영리한 플렉트뤼드는 자신이 그 테스트에서 일정 수준을 넘어서는 문제들의 답은 맞추었으면서 어째서 교실에서 쉬운 계산은 풀지 못하는 것일까 하고 자문해보았다. 자신이 그 테스트를 받을 때 즉흥적으로 대답했다는 사실을 떠올린 아이는 생각하지 않고 대답하는 것이 열쇠라고 결론 내렸다.

그때부터 그 애는 연산 문제가 나오거나 처음 나오는 숫자들이 머리에 잘 들어오지 않으면 더 이상 애쓰지 않고 머릿속에 떠오르는 대로 답안을 작성했다. 결과가 좋아진 건 아니었지만, 그렇다고 더 나빠진 것도 아니었다. 그래서 그 애는 그런 방식을 고수하기로 결심했다. 그것은 이전의 방법처럼 효과가 없었지만 사람들을 매료시키기에는 충분했다. 그리하여 그 애는 프랑스에서 가장 존경받는 열등생이 되었다.

학년말 진급 여부를 결정하는 그 난처한 절차만 없었다면 사태는 완벽했을 것이다.

학년말 시험 기간은 플렉트뤼드에게 악몽이었다. 그 애는 그 예기치 못한 사건에서 지나치게 요행에 의존했다. 다행히 천재라는 명성이 그 애에게 실력 이상의 결과를 가져다주었다. 수학 문제에서 그 애가 써놓은 엉뚱한 답을 보고 교사는 다른 차원으로 이해한 소산이라고 결론짓고 넘어가거나 그 애를 불러 어떻게 그런 답이 나왔는지 물었다. 그 애의 대답은 교사를 이해시킬 수 없었다. 하지만 당시 플렉트뤼드는 머리 좋은 아이에게 어울리는 한마디를 구사할 줄 알았다. 예를 들어 산만하게 횡설수설한 다음 이런 명쾌한 한마디로 결론을 내렸던 것이다.

"명백하잖아요."

교사들로서는 전혀 명백하지 않았지만 시치미를 떼고 넘어가는 편을 택했다. 그래서 그 애는 '통과 허가'를 받을 수 있었다.

실제로 천재였든 아니든 간에 그 소녀가 집요하게 관심을 갖는 것은 오직 춤뿐이었다.

그 애가 성장함에 따라 발레 교사들은 그 애의 재능에 경탄했다. 그 애는 기교와 품위, 엄정함과 환상, 아름다움과 비극적인 감각, 정확성과 열정을 겸비하고 있었다.

가장 멋진 것은 그 애가 춤을 추면서 행복하다는 것, 말할 수 없이 행복하다는 사실이 보는 이들에게 느껴진다는 것이었다. 사람들은 그 애가 춤이라는 커다란 에너지에 자신의 몸을 몰입시킴으로써 놀라운 기쁨을 느낀다는 사실을 감지할 수 있었다. 마치 만 년 전부터 오직 그것만을 기다려온 것 같았다. 아라베스크(발레의 기본 자세 중 하나로 한 발로 서서 다른 한 발을 자신의 뒤쪽으로 들어올리는 것 : 역주)는 그 애를 알 수 없는 내적 긴장으로부터 해방시켜 주었다. 더 놀랍게도 그 애에게는 흥행 감각이 있었다. 관객이 많으면 많을수록 그 애의 재능은 빛을 발했으며, 자신을 바라보는 시선이 날카로우면 날카로울수록 그 애의 동작은 정확하고 치밀해졌다.

또한 그 애가 줄곧 유지하고 있는 기적적인 날씬함도 한몫을 했다. 플렉트뤼드는 얕게 돋을새김을 한 부조 속 이집트인처럼 날씬했고, 그런 날씬함을 줄곧 유지했다. 그 애의 얼마 안 되는 체중은 중력의 법칙을 무시하는 듯했다.

마지막으로 묻지 않아도 교사들이 그 애에 대해 한결같

이 하는 말이 있었다.

"저 애에겐 발레리나의 눈이 있습니다."

클레망스는 때때로 너무나 많은 요정들이 그 애의 요람을 지켜보고 축복을 내린 것이 아닐까 하는 느낌이 들곤 했다. 그리하여 급기야는 신들이 벼락을 내리지 않을지 걱정스러웠다.

다행히 그녀의 딸은 아무런 문제없이 신동으로서의 삶에 적응해 나갔다. 플렉트뤼드는 위의 두 언니들의 영역을 침범하지 않았다. 니콜은 과학과 체육에서 1등이었고, 베아트리스는 수학과 역사에 재능이 있었다. 어쩌면 플렉트뤼드가 그런 분야들에서 두각을 나타내지 않은 것은 본능적인 외교 감각에서였는지도 몰랐다. 그 애는 체조조차 잘하지 못했다. 춤은 그 애의 체조에 아무런 도움도 되지 않는 듯했다.

그리하여 드니는 아이들 각각에게 세상 학문의 3분의 1씩을 배당하곤 했다. "니콜은 과학자이자 운동선수가 되렴. 우주 비행사가 되지 못할 이유가 어디 있겠니? 베아트리스는 숫자와 사건들에 정통한 지식인이 되렴. 역사 통계학을 하는 거야. 그리고 플렉트뤼드는 카리스마가 넘치는 예술가가 되는 거야. 발레리나나 정치 지도자, 아니면 그 둘 다가 되라고."

그는 확신과 자부심에 넘치는 웃음으로 그런 진단을 마무리 짓곤 했다. 아이들은 기쁜 마음으로 아버지의 말을 들었다. 왜냐하면 그 말은 칭찬이었던 것이다. 하지만 막내만은 난처함을 느끼지 않을 수 없었다. 아버지의 확신을 담은 그런 말이 그 애에게는 무척 불합리하게 여겨졌던 것이다.

그 애는 어쨌든 열 살짜리에 지나지 않았고 그렇게 조숙한 편도 아니었지만, 중요한 사실 한 가지를 이미 깨닫고 있었다. 무엇인가를 잘할 것 같아 보인다고 해서 실제로도 그런 결과를 얻을 수 있는 건 아니라는 사실을.

열 살이라는 나이는 사람에게 가장 이상적인 때다. 하물며 예술이라는 명성을 후광처럼 인 꼬마 발레리나에게 있어서는 더 말해 무엇하랴.

열 살은 유년의 가장 찬란한 순간이다. 사춘기의 징후는 아직 나타나지 않는다. 사춘기에 들어서자마자 엄습

하는 그런 상실감을 느끼지 않아도 되는, 그 자체로 충분히 긴 경험을 지닌 풍요롭고 완숙한 어린 시절이 있을 뿐이다. 열 살짜리들이 모두 행복한 건 아니지만 그 어떤 연령대보다도 생기 있게 살아 있는 나이인 건 분명하다.

열 살 나이의 플렉트뤼드는 강렬한 삶의 중심이었다. 그 애는 자기 삶의 절정을 살고 있었다. 그 애는 자신이 다니는 발레 학원의 우상으로, 연령대를 통틀어 그곳의 확고부동한 스타였다. 또한 학교에서도 열등생이 될 소지를 충분히 갖고 있었음에도 최고학년 아이들을 내려다보고 있었다. 수학, 과학, 역사, 지리, 체육 등에서 꼴찌였음에도 그 애는 천재로 간주되었던 것이다.

그 애는 자기 어머니의 마음을 지배하고 있었다. 클레망스는 그 애에게 무한히 심취해 있었다. 아울러 그 애는 로젤린 또한 지배하고 있었다. 로젤린은 그 애를 사랑하는 동시에 숭배했다.

그렇다고 플렉트뤼드가 지나치게 뽐내거나 하는 것은 아니었다. 그런 특별한 지위를 누린다고 해서 자신이 우정의 법 위에 있다고 여기는 그런 열 살짜리 새침하고 까다로운 계집애가 된 것은 아니었다. 그 애는 로젤린에게 헌신적이었고, 친구가 자신에게 보여주는 것과 똑같은 숭배감을 친구에게 느끼고 있었다.

알 수 없는 육감이 그 애에게 자신이 왕관을 잃어버릴 수 있음을 알려주기라도 한 것 같았다. 그 애는 학급의 웃음거리였던 시절의 고통을 생생하게 떠올리곤 했다.

로젤린과 플렉트뤼드는 이미 여러 차례 결혼한 몸이었다. 대개의 경우 서로를 대상으로 했지만 언제나 그런 것은 아니었다. 두 사람이 함께 같은 반 남학생과 결혼하기도 했다. 멋진 의식이 치러질 때 그 남학생은 유령으로 모습을 나타냈다. 때로는 허수아비를 세웠고, 때로는 로젤린이나 플렉트뤼드 중 하나가 남자로 변장하기도 했다 — 높다란 예모 하나로 간단히 성(性)을 바꿀 수 있었다.

실제로 신랑이 남자냐 여자냐 하는 것은 중요하지 않았다. 실제의 인물이든 상상 속의 인물이든 간에 용납할 수 없는 결점(팥찌를 좋아한다든지, 목소리가 가성에 가깝다든지, '에, 그러니까……' 로 말을 시작하는 버릇을 갖고 있다든지)만 없다면 상관없었다. 그 놀이의 목적은 결혼을 주제로 춤을 만들어내는 데 있었다. 가능한 한 비극적인 가사로 시작되는 즉흥 노래가 곁들여진, 륄리(장-밥티스트 륄리. 루이 14세 시대에 활동한 이탈리아 출신의 궁정 음악가. 많은 무곡을 남겼다 : 역주)의 작품을 연상시키는 발레 극을 만들어내는 것이었다.

아주 짧은 결혼식이 끝나면 신랑은 새나 두꺼비로 변해 버리고, 신부는 절대로 나갈 수 없는 높다란 탑 안에 갇혀 있어야 했다.

"어째서 우리의 결혼은 언제나 슬프게 끝나는 거지?"
어느 날 로젤린이 물었다.
"그 편이 훨씬 아름답기 때문이야."
플렉트뤼드가 힘주어 대답했다.

그해 겨울, 꼬마 발레리나는 고상하고 영웅적인 놀이를 생각해냈다. 눈 속에서 꼼짝도 하지 않고 견디기였다.

"흔한 눈사람 만들기는 너무 지루해. 내리는 눈 아래 서서 직접 눈사람이 되거나 뜰에 누워 살아 있는 눈 조각이 되는 거야." 플렉트뤼드가 단호하게 말했다.

로젤린은 반신반의하는 찬탄의 눈길로 플렉트뤼드를 바라보았다.

"넌 서 있는 눈사람이 되고, 난 누워 있는 눈 조각이 되는 거야." 플렉트뤼드가 말을 이었다.

로젤린은 친구로서 차마 주저하는 내색을 할 수 없었다. 그리하여 그들은 둘 다 내리는 눈을 맞기 시작했다. 한 사람은 땅바닥에 누워서, 또 한 사람은 서서. 서 있는 아이는 얼마 지나지 않아 그 일이 전혀 재미있지 않다는 것을 깨달았다. 발이 시리고 꼼짝도 하지 않고 있는 것이 답답하고 살아 있는 기념물로 바뀌고 싶지도 않고 지루했다. 조각상이라는 신분에 걸맞게 두 소녀는 침묵을 지키고 있었던 것이다.

하지만 누워 있는 아이는 황홀경에 빠져 있었다. 그 애는 눈을 뜨고 죽은 사람 — 아직 아무에게도 발견되지 않아 눈이 감겨지지 않은 — 처럼 두 눈을 뜨고 있었다. 땅바닥에 눕는 순간 그 애는 자신의 몸을 놓아버렸다. 자신의 피부로부터 물리적인 두려움과 추위를 느끼는 감각을 분리해냈다. 이제 그 애는 하늘의 처분에 내맡겨진 하나의 얼굴일 뿐이었다.

그 열 살짜리 아이에게는 아직 여성 성징이 나타나지 않았으므로 거추장스러운 젖가슴 같은 것도 없었다. 쵀

소한의 몸을 지닌 그 애는 몰려드는 냉기에 가능한 한 저항하지 않으려 했다.

커다랗게 뜬 눈으로 그 애는 이 세상에서 가장 매혹적인 구경거리, 곧 하얗게 부서져 내리는 주검들을 바라보았다. 그것은 우주의 일부, 거대한 신비를 이루는 조각들이었다.

때때로 그 애는 시선으로 자신의 몸을 더듬어보았다. 몸에는 얼굴보다 더 빠른 속도로 눈이 덮이고 있었다. 입고 있는 옷 때문에 피부에서 발산되는 열이 차단되었던 것이다. 그 애의 두 눈은 다시 구름으로 향했다. 두 뺨의 온기가 점차 줄어들었다. 눈의 수의(壽衣)가 그 위에 드리워지자, 누워 있는 사람은 얼굴에서 애써 웃음을 지웠다. 미소 때문에 조각상의 품위가 떨어지지 않을까 불안했던 것이다.

무수한 눈송이들이 쌓이고 또 쌓여갔다. 누워 있는 사람의 희미한 윤곽은 이제 거의 알아볼 수 없었다. 온통 하얗게 칠해진 정원에서 페인트 자국이 실수로 살짝 돌출된 것 같았다.

살아 있다는 유일한 표시는 그 조각상이 이따금 눈을 깜박인다는 것이었는데, 대개는 무의식적인 움직임이었다. 그런 식으로 그 애는 하늘과의 접촉을 계속하고, 죽음이 느릿하게 내려오는 것을 줄곧 관찰할 수 있었다.

차갑게 쌓인 눈의 층을 관통해 들어오는 바람이 그 아래 누워 있는 사람이 질식하는 것을 막아 주었다. 누워 있는 사람은 천사 ― 눈인가, 자기 자신인가 ― 와 싸우고 있는 것 같은 초인적인 멋진 느낌과 더불어 놀라운 평온을 맛보았다. 그 정도로 그 애는 눈사람이 되는 일을 전적으로 받아들이고 있었던 것이다.

하지만 서 있는 쪽은 달랐다. 이런 놀이가 해볼 만한가에 대해 회의와 저항을 느끼고 있던 로젤린은 도저히 가만히 있을 수 없었다. 게다가 서 있는 자세는 누운 자세보다 눈의 수의를 입기에 불리했고, 죽음을 순순히 받아들이기에는 더더욱 그러했다.

로젤린은 어떻게 해야 할까 자문하며 누워 있는 친구를 바라보았다. 플렉트뤼드의 성격을 잘 알고 있는 로젤린은 그 일에 대해 이러쿵저러쿵하지 말아야 한다는 것을 알고 있었다.

 침묵을 지키기로 약속했지만, 로젤린은 입을 열기로 마음먹었다.

 "플렉트뤼드, 내 말 들리니?"

 대답이 없었다.

 그 침묵은 서 있는 쪽이 약속을 파기한 것에 대한 불만의 표시일 수 있었다. 플렉트뤼드의 성격으로 보아 충분히 그런 반응을 보일 수 있었다.

 하지만 그 침묵은 또한 전혀 다른 것을 의미할 수도 있었다.

 로젤린의 머릿속에서는 온갖 생각이 휘몰아쳤다.

 누워 있는 사람의 얼굴 위에 쌓인 눈의 층은 이제 상당히 두터워져서 눈을 깜박거려도 갈라지지 않았다. 그러자 그때까지 자유롭게 움직일 수 있었던 눈 주위의 근육들이 뻣뻣하게 굳어갔다.

 눈의 베일을 관통해 한동안은 여전히 햇빛이 들어왔다. 누워 있는 사람은 자신의 동공이 몇 밀리미터짜리 투명한 돔이 된 것 같은 기막힌 느낌을 맛보았다. 그것은 보석처럼 아름다웠다.

하지만 눈의 수의는 이내 불투명해져 갔다. 죽음의 후보자는 어둠 속에 갇혔다. 어둠은 참 매혹적이었다. 그토록 많은 하얀 눈 아래 이토록 짙은 어둠이 자리 잡고 있다는 사실이 믿기 어려웠다.

쌓인 눈의 층이 점차 단단해졌다.

누워 있는 사람은 더 이상 공기가 들어오지 않는다는 사실을 느꼈다. 아이는 그 속박으로부터 벗어나기 위해 일어나려 했으나 쌓인 눈의 층이 얼어붙어 마치 몸에 꼭 맞는 얼음집처럼 아이의 몸을 가두어 버렸다. 아이는 자신이 관 속에 갇혔음을 깨달았다.

아이는 살아 있다는 표시를 했다. 비명을 질렀던 것이다. 하지만 그 비명 소리는 몇 센티미터에 달하는 쌓인 눈 때문에 제대로 밖으로 전달되지 않았다. 아주 희미한 신음 소리가 흘러 나왔을 뿐이었다.

마침내 그 신음 소리가 로젤린의 귀에 들려왔다. 친구에게 달려간 로젤린은 두 손으로 눈을 파내 얼음 무덤 속에서 친구를 끌어냈다. 유령 같은 아름다움을 지닌 푸른 얼굴이 나타났다.

죽음의 문턱에서 살아난 아이는 열광의 신음을 질렀다.
"정말 멋졌어!"
"도대체 왜 가만히 있었던 거야? 죽을 뻔했잖아!"
"눈에 갇혀서 일어날 수가 없었어. 두껍게 쌓인 눈이 얼음이 되어 버렸거든."
"아냐, 눈은 얼어 있지 않았어. 내가 두 손으로 긁어냈는걸!"
"그래? 그럼 추위 때문에 기운이 빠져서 내가 몸을 움직일 수 없었나봐."

그 말을 하는 플렉트뤼드의 태도가 어찌나 천연덕스러웠던지, 어리둥절해진 로젤린은 친구가 괜히 엄살을 떠는 것이 아닐까 하고 자문했다. 하지만 그렇지 않았다. 플렉트뤼드의 얼굴은 정말로 새파랬다. 어쨌든 장난으로 죽어볼 수는 없는 법이다.

플렉트뤼드는 일어나 서서 감사의 눈빛으로 하늘을 올려다보았다.
"조금 전 일어났던 일은 정말이지 멋졌어!"
"넌 미쳤어. 나 아니었으면 지금쯤 이 세상 사람이 아니었으리란 걸 알고나 있는지 모르겠구나."

"알아. 고마워, 넌 내 목숨을 구해줬어. 그래서 더 아름답다는 거야."

"도대체 뭐가 아름답다는 거니?"

"모든 게 다!"

흥분한 소녀는 집으로 돌아갔고 지독한 감기 때문에 외출할 수 없었다.

얼마 후 플렉트뤼드는 감기에서 회복되었다. 그 꼬마 발레리나를 숭배하고 있긴 했지만 로젤린은 그 애의 머리가 어떻게 된 것이 아닐까 하고 생각하지 않을 수 없었다. 플렉트뤼드는 언제나 자신의 삶을 걸었고, 장엄한 것에 자기를 투사했으며, 평온을 위협하는 위험의 극치에 처했다가 기적적으로 거기에서 벗어났던 것이다.

로젤린은 플렉트뤼드가 일부러 눈의 수의 아래 갇혀 있었던 것이 아닐까 하는 의혹을 떨칠 수 없었다. 로젤린은 친구의 취향을 알고 있었다. 플렉트뤼드 스스로 거기서 탈출했다면, 그 사건의 가치는 크게 떨어졌을 것이다. 자신의 심미적인 취향을 만족시키기 위해 플렉트뤼드는 다른 사람이 자신을 구해주기를 기다리는 편을 택했는지도 몰랐다. 로젤린은 친구가 자신의 역에 부과된 영웅적인 규칙을 어기기보다는 차라리 죽음을 택하려 했던 것은 아닐까 하는 의심이 들었다.

물론 로젤린이 그런 생각을 확신한 것은 아니었다. 로젤린은 그렇지 않을 거라고 생각하려 애썼다. '어쨌든 플렉트뤼드는 살려달라고 외쳤잖아. 그 애의 머리가 정말 이상했다면, 소리 질러 도움을 청하지 않았을 거야.'

하지만 로젤린의 의혹을 불러일으키는 또 다른 알쏭달쏭한 일들이 있었다. 함께 버스를 기다릴 때면, 플렉트뤼드는 차도에 내려서서 차들이 가까이 다가올 때까지 움직이지 않았다. 그래서 로젤린은 반사적인 동작으로 그 애를 인도로 끌어올리지 않을 수 없었다. 그럴 때면 꼬마 발레리나의 얼굴에는 기쁨에 찬 표정이 떠올랐다.

로젤린으로서는 친구가 도대체 무슨 생각을 하고 있는지 알 수 없었고, 그런 일에 좀 짜증이 났다.

어느 날 로젤린은 어쩌나 보려고 플렉트뤼드를 인도로 끌어올리지 않기로 마음먹었다. 로젤린은 사태를 지켜보았다.

트럭 한 대가 플렉트뤼드를 향해 돌진해오는데도 플렉트뤼드는 그 자리에 그대로 서 있었다. 트럭을 못 보았을

리가 없었지만 그 애는 움직이지 않았다.

로젤린은 친구가 자신의 눈을 똑바로 응시하고 있음을 느꼈지만, '스스로 알아서 하도록 내버려 둘 거야. 절대 개입하지 않겠어'라고 되뇌며 결심을 다졌다.

트럭이 점점 위험스럽게 다가오고 있었다.

"조심해!" 로젤린이 소리쳤다.

꼬마 발레리나는 친구의 눈에서 시선을 떼지 않은 채 움직이지 않았다.

마지막 순간 로젤린은 팔을 뻗어 플렉트뤼드를 잡아 홱 하고 인도 위로 끌어올렸다.

플렉트뤼드는 기쁨에 차서 입매를 일그러뜨렸다.

"넌 내 목숨을 구해줬어." 그 애는 황홀한 듯 한숨을 내쉬며 말했다.

"너 정말 돌았구나. 트럭이 우리 둘 다를 밀어버릴 뻔했잖아. 내가 너 때문에 죽었으면 좋겠니?" 로젤린이 화를 냈다.

"아냐." 플렉트뤼드는 그런 일은 생각도 못했다는 듯 깜짝 놀라며 부인했다.

"그렇다면 다시는 그러지 마!"

플렉트뤼드는 그 말을 새겨들었다.

플렉트뤼드는 마음속 깊은 곳에서 수없이 눈 속에 갇혔던 일을 떠올렸다. 그 애가 떠올리는 그 사건은 로젤린의 회상과는 무척 달랐다.

실제로 당시 그 애는 삶의 아주 사소한 부분까지 발레와 연관지을 정도로 발레에 심취해 있었다. 발레의 안무법에 의하면 비극은 대개 마지막 순간에 그 의미를 드러낸다. 일상에서 괴기한 것이라도 오페라에서는 그렇지 않았고, 발레에서는 더더욱 그렇지 않았다.

'나는 내리는 눈(雪)에게 나 자신을 내주었어. 내가 눈 아래 눕자 눈은 내 주위에 대성당을 지었지. 눈이 천천히 벽을 만들고, 이어 둥근 천정을 만드는 것을 나는 지켜보았지. 나는 나만을 위해 지어진 대성당 안에 누워 있는 조각상이었어. 이윽고 문이 닫히고 죽음이 나를 찾아왔지. 죽음은 처음에는 하얗고 보드라웠지만, 검고 단단해졌어. 죽음이 나를 데려가려는 순간, 내 수호천사가 와서 나를 구해준 거야.'

확실하기만 하다면 구조의 손길은 마지막 순간에 오는

편이 좋다. 그 편이 훨씬 멋지니까. 마지막 순간에 찾아오는 구원이 아니라면 흥취가 떨어진다.

로젤린은 자신이 수호천사의 역할을 했다는 것을 알지 못했다.

플렉트뤼드는 열두 살이 되었다. 생일을 맞으면서 가슴이 막연하게 죄어드는 것 같은 느낌이 든 것은 그때가 처음이었다. 그때까지 그 애에게 있어서 한 살 더 먹는 것은 언제나 좋은 일로 여겨졌다. 그것은 자부심을 가질 만한 일인 동시에 너무나도 멋진 내일을 향한 영웅적인 발걸음이었다. 하지만 열두 살은 한계와도 같았다. 순진무구할 수 있는 마지막 생일인 것이다.

열세 살이 된다는 것을 그 애는 생각조차 하기 싫었다. 열세 살이라는 단어조차 끔찍하게 들렸다. 청소년의 세계에 그 애는 전혀 흥미가 없었다. 열세 살이라는 나이는 상처와 통증, 여드름, 초경, 브래지어, 그리고 그밖의 가혹한 일들로 가득 차 있을 터였다.

열두번째 생일은 그 애가 사춘기의 재앙으로부터 안전하다고 느낄 수 있는 마지막 시기였다. 그 애는 판지처럼 판판한 자신의 가슴을 쓸어보며 희열을 느꼈다.

꼬마 발레리나는 어머니의 품에 가서 안겼다. 어머니는 그 애를 얼러주고 쓸어주며 사랑의 말을 나직하게 들려주었다 ─ 이 세상 그 어떤 어머니가 해주는 것보다 더욱 그윽한 애정을 딸에게 쏟으면서.

플렉트뤼드는 어머니의 그런 사랑이 너무나도 좋았다. 그 애는 기쁨에 취해 눈을 감았다. 그 어떤 사랑도 어머니가 주는 사랑만큼 자신을 기쁘게 하지 못하리라고 그 애는 생각했다. 남자애의 품에 안기는 것은 그 애를 꿈꾸게 하지 못했다. 어머니의 품은 절대적이었다.

그랬다, 하지만 여드름투성이 사춘기 소녀가 되어도 어머니는 자신을 줄곧 사랑해줄 것인가? 그런 생각이 들자 그 애는 겁에 질렸다. 그 애는 어머니에게 차마 그것을 물을 수 없었다.

그때부터 플렉트뤼드는 유년을 소중히 가꾸기 시작했다. 마치 드넓은 토지를 갖고 있다가, 재난을 당해 다 잃고 아주 조금의 땅만 건진 사람 같았다. 그런 불운에 당당히 맞서 그 애는 그 얼마 안 되는 땅을 배려와 사랑으로 가꾸었고, 아직은 물을 주어 키울 수 있는 유년의 귀한 꽃들로 단장했다.

그 애는 머리를 땋거나 묶었고, 멜빵바지만 입었으며, 산책을 할 때는 가슴에 곰 인형을 안았고, 땅바닥에 주저앉아 운동화 끈을 맸다.

그런 유아적인 행동에 빠져드는 데 특별한 노력을 기울일 필요는 없었다. 내년에는 더 이상 그럴 수 없으리라고 생각하자 저절로 그런 행동이 나왔던 것이다.

그런 대응 방식이 괴상해 보일지도 모른다. 하지만 아이들이나 사춘기에 들어선 청소년들에게는 흔한 일이다. 성장이 빠르든 늦든 간에 아이들은 성장에 대한 다른 아이들의 대응 방식을 세심하게 관찰하며 때로는 감탄을, 때로는 역설적으로 경멸을 보낸다. 그리하여 자신의 조숙한 어른스러움이나 여전한 아이다움을 과장하는 아이들이 놀림이나 제재를 받기도 하지만 드물게 영웅이라는 평판을 얻는 경우도 있다.

중학교(프랑스의 중학교 과정은 관찰 과정과 방향 지도 과정으로 나뉘어진다 : 역주) 교실에 들어가 아무나 붙잡고 그 반에서 브래지어를 한 아이가 누군지 물어보라. 문제의 여학생을 정확히 대는 것에 놀랄 것이다.

플렉트뤼드 — 벌써 중학생이었다! — 의 학급에는 어린애처럼 고무줄로 머리를 묶고 다닌다고 그 애를 놀려대는 여자애들도 있었다. 그런 여자애들은 조숙한 편으로 벌써 브래지어를 하고 다녔다. 하지만 브래지어로 인해 그들은 찬탄보다는 조롱의 대상이 되었으므로, 그들의 빈정거림은 꼬마 발레리나의 판판한 젖가슴에 대한 질투의 표시였다.

브래지어를 하고 다니는 조숙한 여자애들에 대한 남자애들의 태도는 좀 애매했다. 그들은 몹시 경멸적인 말을 던지면서도 그들을 유심히 살피곤 했다. 평생에 걸쳐 남자들이란 남들 앞에서는 큰소리로 헐뜯어대는 이야기를 혼자 수음을 할 때면 떠올리는 족속이 아닌가.

학년 초에 2차 성징이 나타나기 시작하자, 플렉트뤼드는 특별한 어린애다움으로 스스로를 지켜내야겠다고 생각했다. 그 애는 자신의 두려움을 어떻게 표현해야 할지 알 수 없었다. 다만 같은 반 여자애들 중 몇몇은 벌써 그런 '이상한 일들'에 대비가 되어 있지만 자신은 그렇지 않다는 것을 알 뿐이었다. 그 애는 무의식적으로 사람들에게 자신은 아직 아이라는 사실을 알리려 애썼다.

11월이 되자 남자애 하나가 전학을 왔다.

플렉트뤼드는 새로 알게 되는 사람들이 좋았다. 5년 전에 로젤린이 새로 그 반에 들어오지 않았다면 자신이 어떻게 최고의 친구를 가질 수 있었겠는가? 다소 겁에 질려 있는 그런 낯선 아이들과 꼬마 발레리나는 언제나 뜻이 맞았다.

의식적이든 무의식적이든 간에 대부분의 아이들은 새로 들어온 아이에게 가혹하다. 새로 온 아이가 조금만 '다른 점'(칼로 오렌지의 껍질을 벗길 때 다른 아이들처럼 '제기랄!' 이라고 투덜거리는 것이 아니라 '빌어먹을!' 이라고 중얼거리는 것 같은)을 보여도 아이들은 킥킥거리곤 했다.

하지만 플렉트뤼드는 새로 전학 온 아이들의 특이한 태도와 행동에 감명을 받는 편이었다. 전학생의 행동 앞에서 플렉트뤼드가 느끼는 경탄은 다른 종족의 관습 앞에서 민속학자가 느끼는 열광과도 같았다. '칼로 오렌지 껍질을 까는 모습이 어쩌면 저렇게 멋질까, 경이로워!' 라든가

'빌어먹을이라니, 정말 참신한걸!' 하는 식이었다. 플렉트뤼드는 유럽의 해군을 맞이하는 타히티 여자들처럼 너그러운 환대로 새로 들어오는 아이들을 맞아주고, 하이비스커스 꽃을 흔드는 대신 미소를 지어 주었다.

학년이 새로 시작되는 9월이 아니라 엉뚱하게도 학기 중간에 들어오는 전학생은 특히 플렉트뤼드에게 깊은 인상을 주었다.

이번에 새로 온 남학생이 그런 경우였다. 꼬마 발레리나는 전학생이 교실에 들어오기도 전에 이미 그 애에 대해 호감을 품고 있었다. 플렉트뤼드의 얼굴이 두려움과 찬탄이 뒤섞인 채 굳어졌다.

전학생의 이름은 마티외 살라댕이었다. 그 애에게는 난방기 근처의 구석 자리가 배정되었다.

플렉트뤼드의 귀에는 교사의 말이 하나도 들어오지 않았다. 플렉트뤼드는 특별한 느낌에 빠져 있었다. 목구멍이 얼얼했고, 그 느낌이 좋았다. 그 애는 수없이 그 남자애를 돌아보고 싶었다. 대개의 경우 플렉트뤼드는 예의에 벗어날 정도로 사람들을 빤히 쳐다보곤 했지만 이번에는 그럴 수 없었다.

마침내 휴식 시간이 되었다. 대개의 경우 꼬마 발레리나는 새로 전학 온 아이에게 가서 눈부신 미소로 마음을 가라앉혀 주곤 했다. 하지만 이번에는 그저 자리에 가만히 앉아 있었다.

다른 아이들은 평소처럼 적대적인 태도를 보였다.

"이봐, 전학 온 친구, 말 좀 해봐. 베트남은 지금 전쟁중인가?"

"저 애의 별명을 '칼자국'이라고 붙이는 게 어떨까."

플렉트뤼드는 가슴 속에서 분노가 솟구치는 것을 느꼈다. 그리고 이렇게 외치고 싶은 것을 애써 억제했다.

'입들 다물어! 저 상처가 얼마나 멋있는데! 저렇게 고상한 사내애는 처음이란 말이야!'

마티외 살라댕의 입에는 수직으로 길게 흉터가 나 있었다. 그 흉터는 꼼꼼하게 봉합되긴 했지만 너무나도 뚜렷하게 눈에 띄었다. 언청이 수술 자리라기에는 너무 컸다.

꼬마 발레리나는 전혀 망설임 없이 그것이 결투에서 얻은 상처일 거라고 단정했다. 전학생의 성을 듣고 플렉트뤼드는 『천일야화』를 떠올렸는데, 그런 생각이 꼭 틀렸다고는 할 수 없었다. 왜냐하면 '살라댕'이라는 성은 좀 멀리 거슬러 올라가면 페르시아계였던 것이다('살라딘'은 십자군 전쟁 당시 관대한 통솔력으로 이슬람 세계를 결집해 효과적으로 십자군에 대항한 이슬람의 술탄 이름이기도 하다 : 역주). 일단 그렇게 생각하자, 살라댕이 끝이 휘어진 칼의 임자라는 사실이 플렉트뤼드에게는 너무나도 당연하게 여겨졌다. 살라댕은 그리스도의 무덤을 되찾으러 온 무도한 십자군들을 베는 데 그 칼을 사용한 것이 분명했다. 땅에 쓰러지기 직전 문제의 기독교인 기사는 정말 치사하게도(마티외 살라댕이 기독교인 기사를 토막낸 것은 당시로서는 극히 당연한 일이었던 반면) 칼을 휘둘러 그 싸움의 흔적을 그 애의 얼굴에 영원히 남겨 놓은 것일 터였다.

전학생의 이목구비는 단정하고 고전적이고 친절해 보였지만 동시에 무표정했다. 그 상처는 얼굴을 더욱 멋지게 보이게 했다. 말로 표현하지는 않았지만 플렉트뤼드는 그 애의 얼굴을 바라보며 찬탄을 금할 수 없었다.

"왜 이번에는 새로 전학 온 아이에게 인사하러 안 가니?" 로젤린이 물었다.

꼬마 발레리나는 자신의 침묵이 불필요하게 주목을 끌 위험이 있음을 깨달았다. 그래서 용기를 내 숨을 몰아 쉰 다음 일그러진 미소를 띠고 그 남학생에게 다가갔다.

전학생은 디디에라는 한심한 사내애와 함께 있었다. 디디에는 마티외 살라댕을 독차지하려 애쓰는 중이었다. 다시 말해서 칼자국 있는 아이를 친구로 삼고 그 사실을 자랑하려는 것이었다.

"안녕, 마티외. 난 플렉트뤼드라고 해." 그 애가 겨우 입을 열었다.

"안녕." 마티외가 간단하고 예의바르게 대답했다.

보통 플렉트뤼드는 "우리 반에 들어온 걸 환영한다"라든지 "우리와 재미있게 지내길 바래" 같은 듣기 좋고 멋부린 관용적인 표현을 덧붙이곤 했다. 하지만 이번에는 아무 말도 할 수 없었다. 플렉트뤼드는 발길을 돌려 자기 자리로 돌아갔다.

"이름이 좀 이상하긴 하지만 참 예쁜 애구나." 마티외 살라댕이 한 마디 했다.

"이런, 어휴. 여자앨 사귀고 싶다면, 저런 어린앤 상대하지 마. 자, 뮈리엘을 좀 봐. 난 저 애를 '풍만한 가슴'이라고 부르지."

"정말 그렇구나." 전학생이 대답했다.

"소개해줄까?"

전학생이 대답도 하기 전에 디디에는 그 애의 어깨를 잡아 멋진 상체를 지닌 여자애에게 데리고 갔다. 꼬마 발레리나는 그들이 나누는 이야기가 들려오지 않았다. 플렉트뤼드는 입 안에 쓴맛을 느꼈다.

첫 만남이 있었던 날 밤, 플렉트뤼드는 이렇게 확신했다.

"그 애는 나를 위한 사람이야. 내게 속한 사람이야. 그 애는 모르고 있지만 내게 속해 있어. 나 자신에게 약속해. 마티외 살라댕은 내 사람이 될 거야. 한 달 후든, 20년 후든 시간은 중요하지 않아. 이건 분명한 사실이야."

그 애는 아주 오랜만에 찾아온 확신으로 주문이라도 외우는 것처럼 여러 시간 동안 그 말을 되풀이했다.

하지만 다음날부터 당장 플렉트뤼드는 전학생이 자신을 쳐다보지 않는다는 명백한 사실을 인정하지 않을 수 없었다. 플렉트뤼드는 아름다운 눈으로 살라댕을 지그시 응시했지만, 살라댕은 전혀 그런 사실을 의식하지 못하는 것 같았다.

"저 애에게 칼자국이 없다면, 단순히 잘생긴 남자애에 불과할 거야. 저 흉터 때문에 저 애는 정말 특별해 보여." 플렉트뤼드는 되뇌었다.

자신은 모르고 있었지만 플렉트뤼드가 싸움의 흔적에 그렇게 집착하는 데에는 그럴 만한 이유가 있었다. 플렉트뤼드는 자신이 클레망스와 드니의 진짜 딸인 줄 알고 있었고, 자신이 어떤 상황에서 출생했는지 전혀 모르고 있었다. 이 세상 그 누구보다 더 지독한 폭력 가운데 태어났다는 사실을.

하지만 베일에 싸인 플렉트뤼드의 내면에는 죽음과 피로 얼룩진 어떤 부분이 있는 듯했다. 플렉트뤼드가 살라댕의 흉터를 바라보면서 느끼는 감정은 부모의 죄만큼이나 심오한 것이었다.

플렉트뤼드에게 위로가 되는 한 가지 사실이 있었다. 전학생이 플렉트뤼드에게 관심을 보이지 않는 건 사실이었지만, 그렇다고 다른 누군가에게 관심을 보이는 것도 아니었던 것이다. 마티외 살라댕은 언제나 한결같았다. 그 애의 표정에는 거의 변화가 없었다. 그 애의 얼굴에는 모든 이들에 대한 치우침 없는 예의만이 떠올라 있었다. 그 애는 키가 컸고 아주 여위었으며 몹시 가냘펐다. 그 애의 두 눈에는 고통을 경험한 사람이 지니는 지혜가 깃들어 있었다.

누군가 질문을 하면, 그 애는 시간을 들여 생각한 다음 입을 열었으므로 늘 지혜롭게 대답할 수 있었다. 플렉트뤼드는 사내애들이 갖는 어리석음에서 그렇게 자유로운 애를 한 번도 만난 적이 없었다.

마티외 살라댕은 모든 면에서 특별히 뛰어나지도 열등하지도 않았다. 그 애는 모든 과목에서 적정 수준을 유지했고, 그 덕분에 주목을 받지 않을 수 있었다.

세월이 지나면서 점점 성적이 떨어진 꼬마 발레리나는 그 애의 그런 점에 감탄했다. 학급 친구들에게서 그런 공감이나 평가를 얻어낼 수 있었다면 자신도 훨씬 행복했으리라. 아니, 자신의 대답에 따른 반응을 견디기가 그렇게 힘들지는 않았으리라.

"넌 도대체 왜 그런 엉뚱한 대답을 하는 거니?" 플렉트뤼드의 대답에 화가 난 교사들은 묻곤 했다.

플렉트뤼드는 일부러 그러는 것이 아니라고 말하고 싶

었다. 하지만 그런 말이 사태를 더 악화시킬 거라는 느낌을 받았다. 어차피 반 전체의 폭소를 막을 수 없다면, 자신이 일부러 그러는 것이 아니라고 말한다 해도 결과는 마찬가지일 터였다.

교사들은 플렉트뤼드가 아이들의 반응을 즐기고 그들을 자극할 수 있다는 것에 우쭐해 그런 짓을 하는 거라고 생각했다. 하지만 오히려 그 반대였다. 자신의 실수로 모두가 폭소를 터뜨릴 때면 플렉트뤼드는 땅 속으로 숨어버리고 싶었다.

수많은 예 중 하나를 들어보자. 수업의 주제는 파리라는 도시와 그곳의 역사적인 기념물들이었다. 플렉트뤼드는 루브르에 관한 질문을 받았다. 교사가 기대한 대답은 루브르 궁의 카루셀 개선문이었지만, 플렉트뤼드는 이렇게 대답했다.

"카데(막내) 루셀의 개선문입니다."

이 새로운 기발함에 학급 전체는 코미디에 환호하는 대중처럼 열렬하게 박수를 쳐댔다.

플렉트뤼드는 어쩔 줄을 몰랐다. 그 애는 시선으로 마티외 살라댕의 얼굴을 찾았다. 살라댕 역시 안됐다는 듯

한 눈빛으로 크게 웃고 있었다. 플렉트뤼드는 안도와 원망이 뒤섞인 기분으로 한숨을 내쉬었다. 그 애가 안도한 것은 사태가 그보다 더 나쁠 수도 있었기 때문이었고, 원망의 마음은 자신이 그 사내애에게서 전혀 다른 표정을 기대했기 때문이었다.

'저 애에게 내가 춤추는 걸 보여줄 수만 있다면.' 플렉트뤼드는 생각했다.

하지만 어떻게 살라댕에게 자신의 재능을 보여준단 말인가? 어쨌든 플렉트뤼드는 살라댕 앞에 나서지도 않을 터였고, 자신이 발레에서 스타라는 말을 뜬금없이 꺼낼 수도 없었다.

더욱이 그 전학생은 디디에하고만 어울렸다. 그 고약한 추종자가 전학생에게 플렉트뤼드가 발레를 잘한다고 말해주기를 기대할 수는 없었다. 디디에는 플렉트뤼드나 발레 따위에는 전혀 관심이 없었다. 디디에의 관심사는 도색 잡지와 축구, 담배와 맥주뿐이었다. 같은 나이에서 가장 힘이 센 디디에는 어른 흉내를 냈고, 믿기 어려운 말이지만 면도를 한다고 주장했으며, 고학년 여자애들을 유혹하는 데 성공했노라고 떠벌였다.

마티외 살라댕은 도대체 왜 그런 얼간이와 어울리는 것일까. 요컨대 마티외는 디디에와의 교우에서 아무것도 기대하지 않는 듯했다. 자신과의 어울림을 과시하고 싶어 하는 디디에를 내버려 두는 것뿐이었다. 그는 디디에가 낙제한 것을 운이 없는 것 정도로 여겼다. 살라댕은 그런 것에 개의하지 않았다.

 어느 날 플렉트뤼드는 놀라운 용기를 동원해 휴식 시간에 자신의 영웅에게 다가가 말을 걸었다. 그 애는 마티외에게 어떤 가수를 좋아하느냐고 물었다.
 마티외는 친절한 어조로 자신은 좋아하는 가수가 없고, 그런 이유에서 친구들 몇 명과 록그룹을 만들었다고 대답했다.
 "우리 집 차고에 모여서 우리가 듣고 싶은 음악을 만들고 있어."
 플렉트뤼드는 감탄한 나머지 기절할 뻔했다. 그 애는 사랑의 감정으로 긴장한 나머지 정신을 차릴 수가 없었다. 그래서 '네가 그룹과 함께 연주하는 걸 들어봤으면 좋겠다'는 말을 입 밖에 내지 못했다.

플렉트뤼드가 침묵을 지키자, 마티와 살라댕은 그 애가 그런 것에 관심이 없는 모양이라고 결론을 내렸다. 그래서 자기 집 창고에 오라는 말을 하지 않았다. 만약 마티와가 그런 제안을 했다면, 플렉트뤼드는 인생의 7년을 헛되이 보내지 않을 수 있었으리라. 사소한 일이 중대한 결과를 만드는 법.

"그런데 넌 어떤 음악을 좋아하니?"

그 질문은 재앙과도 같았다. 플렉트뤼드는 부모 세대의 음악을 듣는 그런 나이대에 속해 있었다. 드니와 클레망스는 바르바라, 레오 페레, 자크 브렐, 세르주 레기아니, 샤를 트레네 같은 훌륭한 샹송 가수들의 노래를 좋아했다. 만약 플렉트뤼드가 그중 누군가의 이름을 댔다면 멋진 대답이 되었으리라.

하지만 플렉트뤼드는 그런 자신이 수치스러웠다. '열두 살이라면 자신의 취향을 가져야 해! 저 애에게 그런 가수들 이름을 댈 순 없어. 저 애는 내가 말한 것이 부모님들이 즐겨 듣는 음악이라는 걸 눈치 챌 거야.'

플렉트뤼드는 70년대 말의 가수들에 대해 아는 바가 없었다. 그 애가 알고 있는 이름은 하나뿐이었으므로 그 이름을 대지 않을 수 없었다.

"데이브(현대 재즈의 거장 데이브 그루신 : 역주)."

마티외 살라댕의 반응은 그렇게 나쁘지 않았다. 그는 웃음을 터뜨렸다. '이 애는 진짜 특이하구나!' 마티외는 생각했다.

상대의 웃음을 플렉트뤼드가 유리하게 해석할 수도 있었다. 하지만 불행히도 그 애는 그것을 모욕으로 받아들였다. 그 애는 발길을 돌려 그 자리를 떴다. '다시는 저 애에게 말을 걸지 않겠어'라고 생각하면서.

플렉트뤼드에게는 쇠퇴의 시기가 시작되었다. 그렇지 않아도 나빴던 학교 성적은 최악으로 치달았다. 그때까지 교사들을 혼란스럽게 했던 천재라는 명성도 이제는 효과가 없었다.

플렉트뤼드의 태도도 그런 사태에 기여했다. 그 애는 학생으로서는 자살을 선택한 듯했다. 그 애는 스스로를 지진아의 한계까지 밀어붙여 그 경계를 부숴버렸다.

플렉트뤼드가 고의로 교사들의 질문에 그렇게 어이없는 대답을 하는 것은 아니었다. 다만 더 이상 스스로를 통제하지 않기로 했을 뿐이었다. 이제 그 애는 자신의 입에서 나오는 말을 막지 않았다. 교사의 질문에 자신의 내적 성향이 불러주는 대로 대답하는 것, 그 이상도 이하도 아니었다. 그 목적은 다른 이들의 관심을 끄는 것이 아니라 (솔직하게 말하면 그 일이 싫지는 않았지만) 괴상한 아이로 낙인찍혀 거부되고 거절당하고 추방되는 것이었다.

플렉트뤼드가 지리("나일 강은 지중해에서 발원해 그 어느 곳으로도 유입되지 않는다."), 기하("직각은 90도에서 끓는다."), 맞춤법("과거분사는 무리 안에 남자 하나가 있을 때를 제외하고는 여성 복수에 일치한다."), 역사("루이 14세는 낭트의 에디트와 결혼해 신교도가 되었다."), 생물("고양이는 성숙한 두 눈과 주맹증 발톱을 갖고 있다.") 시간에 하는 기괴한 대답을 듣고 반 아이들은 감탄했다.

플렉트뤼드 역시 그런 자신의 대답에 감탄하지 않을 수 없었다. 실제로 그 애는 자신의 입에서 나오는 그런 어이없는 대답을 들으며 황홀한 경이감에 사로잡혔다. 자신의 말에 그토록 많은 초현실적 표현들이 들어 있다는 사실에 놀랐고, 자신 안에 무한에 대한 의식이 자리잡고 있음을 의식했다.

아이들은 플렉트뤼드가 순전히 도발적인 의도에서 그런 대답을 하고 있다고 생각했다. 교사가 플렉트뤼드에게 질문을 던질 때면 아이들은 숨을 죽였다가 다음 순간 플렉트뤼드가 그토록 침착하고 자연스럽게 기발한 대답을 찾아낸 것에 경탄했다. 그들은 플렉트뤼드의 목적이 학교 교육을 조롱하는 데 있다고 여기고 그 애의 용기에 박수를 보냈다.

플렉트뤼드의 명성은 교실 문을 넘어섰다. 휴식 시간이면 다른 반 아이들이 '플렉트뤼드가 새로 언급한 엉뚱한 말'이 없는지 그 학급 아이들에게 물어왔다. 그러면 아이들은 플렉트뤼드의 업적이 무슨 노래라도 되는 것처럼 율동을 곁들여 이야기했다.

결론은 언제나 똑같았다.

"좀 심해!"

"너 좀 심한 거 아니니?" 플렉트뤼드의 성적표를 보고 드니가 화를 냈다.

"난 더 이상 학교에 다니고 싶지 않아요, 아빠. 학교는 내게 맞지 않아요."

"그런 말로 슬쩍 넘어갈 순 없다!"

"난 오페라 무용 학교에 들어가고 싶어요."

그 말은 즉각 반응을 불러일으켰다.

"저 애 말이 맞아!" 클레망스가 소리쳤다.

"당신까지 저 애를 두둔하는 거야?"

"당연하지! 우리 플렉트뤼드는 발레의 천재야! 저 애 나이라면 몸과 마음을 전부 발레에 바칠 필요가 있어! 어째서 과거분사 따위에 계속 시간을 낭비해야 하는 거지?"

바로 그날로 클레망스는 오페라 무용 학교에 전화를 걸었다.

플렉트뤼드가 다니던 발레 학원의 반응은 열렬했다.

"저희는 플렉트뤼드 부모님께서 그런 결정을 내리기를 바라고 있었습니다! 저 애는 발레를 위해 태어난 아이입니다!" 그 애는 미래의 파블로바가 될 거라는 추천장을 받았다.

오페라 극장으로부터 시험에 응시하러 오라는 통지서가 도착했다. 그저 시험을 치르라는 것뿐이었지만 클레망스는 기쁨의 신음을 뱉었다.

정해진 날, 플렉트뤼드는 어머니와 함께 지하철을 탔다. 오페라 무용 학교에 도착했을 때, 클레망스의 심장은 딸보다 더 크게 뛰고 있었다.

2주일 후 플렉트뤼드는 입학 허가서를 받았다. 그날은 그 애 어머니의 일생에서 가장 멋진 날이었다.

9월부터 그 애는 오페라 무용 학교에서 기숙사생으로 공부를 시작하게 될 터였다. 그 소녀는 꿈을 현실로 만들었다. 멋진 운명이 그 애 앞에 펼쳐져 있었다.

아직 4월이었다. 드니는 그 애가 지금의 학년을 마쳐야 한다고 고집했다.

"그렇게 되면 넌 중학교 관찰 과정을 마쳤다는 말을 할 수 있잖아."

소녀는 그런 일 따위는 중요하지 않다고 생각했다. 하지만 아버지에 대한 애정에서 그 애는 노력을 기울여 학년 수료에 필요한 성적을 받았다. 이제 그 애는 모든 이들의 호감의 대상이었다.

왜 그 애가 학교를 떠나는지 학교 전체가 알고, 그 일을 자랑스러워했다. 플렉트뤼드가 악몽으로 여기던 교사들까지도 자신들은 언제나 그 아이의 '재능'을 감지하고 있었노라고 말했다.

자습 감독들은 그 애의 우아함을 칭찬했고, 식당 아줌마들은 그 애의 식욕 없음에 찬탄을 보냈으며, 체육(꼬마 발레리나가 특히 못했던 과목) 교사는 그 애의 날렵함과 섬세한 근육에 대해 언급했다. 가장 놀라운 일은 초등학교 준비 과정에서부터 줄곧 미워해왔던 아이들이 그 애와 친구라는 사실을 떠벌이고 다닌다는 사실이었다.

하지만 안타깝게도 그 애가 학급에서 유일하게 감명을 주고 싶었던 문제의 그 남학생은 그저 예의 바른 감탄만을 표시했을 뿐이었다. 만약 플렉트뤼드가 마티외 살라댕을 좀더 잘 알았다면, 마티외의 얼굴이 그렇게 무표정한 이유를 알 수 있었으리라.

속으로 마티외 살라댕은 이렇게 생각했다. '이런 제기랄! 목표에 도달하기 위해 내겐 아직도 5년이 필요해! 그런데 저 애는 곧 스타가 될 거야! 저 애를 다시는 볼 수 없을 게 분명해. 저 애와 친구로 지내기만 했더라도, 앞으로 만나자고 할 수 있을 텐데. 난 저 애와 진짜 우정을 맺은

적이 없어. 이런 일이 일어나자마자 저 애를 몹시 좋아하는 척하는 저런 애들처럼 행동할 순 없잖아.'

마지막 날, 마티외 살라댕은 플렉트뤼드에게 냉정하게 작별 인사를 했다.

'학교를 더 이상 다니지 않아도 되는 것에 또 좋은 점이 있구나. 이제 저 애를 볼 수 없으니, 저 애 생각도 덜 하게 되겠지. 내가 가버리는 것 따위에 저 애는 상관하지 않을 거야!' 꼬마 발레리나는 한숨을 내쉬며 생각했다.

그해 여름 플렉트뤼드 가족은 바캉스를 떠날 수 없었다. 오페라 무용 학교의 학비가 비쌌던 것이다. 아파트의 전화기가 줄곧 울려댔다. 이웃, 아저씨, 친구, 동급생들이 그 특별한 아이를 보러 오고 싶어 했다.

"게다가 예쁘기까지 하잖아!" 사람들은 그 애를 보고 감탄했다.

플렉트뤼드는 자신을 구경하러 끊임없이 밀어닥치는 사람들의 행렬을 피해 서둘러 기숙사로 들어갔다.

지루함을 달래기 위해 플렉트뤼드는 사랑의 슬픔을 곱씹었다. 두 눈을 감고 나무 밑동을 얼싸안고 있다가 그 애는 나무 위로 올라갔다. 그 애는 스스로에게 이야기를 시작했다. 버찌나무가 마티외 살라댕이 되었다.

이야기를 시작하자 플렉트뤼드는 자신이 얼마나 어리석은지 알 수 있었다. 그 애는 화가 났다. '12년 6개월의 인생에서 세상 모든 사람들의 호감을 얻었는데, 마티외 살라댕의 마음만은 얻지 못했다니, 이건 정말 어이없는 일이야!'

밤마다 침대에서 그 애가 스스로에게 들려주는 이야기는 훨씬 강도 높은 것이었다. 플렉트뤼드는 마티외 살라댕과 함께 큰 통에 갇힌 채 나이애가라 폭포에 던져졌다. 통은 바위에 부딪혀 깨어졌다. 어떤 때는 플렉트뤼드가, 또 어떤 때는 마티외가 상처를 입거나 움직일 수 없게 되어 구조를 기다려야 했다.

두 경우 모두 장점이 있었다. 마티외가 자신을 구해주어야 할 경우, 플렉트뤼드는 그 애가 물에 뛰어들어 소용돌이 속에서 자신을 찾아내 얼싸안아 물 밖으로 끌어내 물가로 와서 인공호흡을 해주는 것이 너무나도 좋았다. 마티외가 상처 입었을 경우, 플렉트뤼드는 그 애를 물 밖으로 끌어내 상처를 살펴보고 혀로 피를 핥아내고는 새로운 상처로 그 애가 더욱 멋있어진 것에 기뻐했다.

급기야 플렉트뤼드는 미칠 것 같은 욕망의 전율을 느끼기에 이르렀다.

해방을 기다리듯 플렉트뤼드는 학기가 시작되기를 기다렸다. 그것은 일종의 투옥 상태였다.

그 애는 무용 학교 학생들이 엄격한 규율을 지켜야 한다는 것을 알고 있었다. 하지만 실제 상황은 예상한 것보다 훨씬 심각했다.

플렉트뤼드는 어떤 그룹이든 자신이 속한 그룹에서 언제나 가장 여윈 편에 속했다. 하지만 그곳에서 그녀는 '보통'이었다. 그곳에서 날씬하다고 평가되는 아이들은 바깥세상에서 보자면 해골이었다. 바깥세상에서 보통 몸매로 여겨지는 아이들은 학교 안에서는 '뚱뚱한 암소'로 취급되었다.

첫날 벌어진 일은 푸줏간을 연상시켰다. 늙고 말라빠진 푸줏간 여자가 와서는 고깃덩이들을 살펴보듯 학생들을 검사했다. 푸줏간 여자는 학생들을 세 그룹으로 분류한 다음 이렇게 말했다.

"날씬한 그룹은 양호하다. 너희들은 줄곧 그런 몸매를 유지하도록 해라. 보통인 그룹은 봐줄 만하다. 하지만 더 살이 찌지 않는지 지켜보겠다. 뚱뚱한 암소들은 살을 빼든지 자퇴하든지 해라. 여기는 암퇘지들이 있을 데가 아니다."

'날씬한 아이들'이 만족해 기분 좋은 소리를 내질렀다. 마지 해골들이 킥킥거리는 것 같았다. '정말 끔찍한 애들이야.' 플렉트뤼드는 생각했다.

바깥세상에선 극히 정상적인 체격을 지닌 예쁜 소녀인 '뚱뚱한 암소' 하나가 울음을 터뜨렸다. 늙은 여자가 그 애에게 다가가 질책했다.

"여기서 감상은 금물이다! 엄마의 치마폭에 싸여 사탕을 먹어댄다면, 아무도 널 남아 있으라고 붙잡지 않아!"

그런 다음 사람들은 싱싱한 고깃덩이들의 크기와 무게를 쟀다. 한 달 후면 열세 살이 되는 플렉트뤼드는 몸무게가 40킬로그램이었다. 몸이 온통 근육인 것을 감안하면 발레리나라는 이름에 걸맞게 여윈 편이었다. 하지만 그 애는 '넘어서는 안 될 최대치'라는 경고를 받았다.

수업 첫날 오페라 무용 학교 수습생들은 갑자기 어린

시절을 강탈당한 것 같은 느낌을 받았다. 하루 전만 해도 그들의 몸은 물과 배려와 사랑을 듬뿍 받는 식물이었다. 나무의 성장은 멋진 미래를 약속하는 자연스럽고 바람직한 현상으로 권장되었고, 가족들은 비옥한 토양이 되어주었다. 삶은 느릿하고 포근했다. 하지만 하루만에 그들은 그 촉촉한 부식토에서 뽑혀 나와 메마른 세상에 내팽개쳐졌다. 매서운 눈길을 한 전문가가 이 줄기는 더 길어져야 하고 이 뿌리는 다듬어져야 한다고 독단적으로 판단했다. 원하든 원하지 않든 그들은 그렇게 될 터였다. 이곳 사람들은 그런 기술에 정통한 이들이었던 것이다.

이곳 어른들의 눈빛에서는 애정을 찾아볼 수 없었다. 유년의 마지막 남은 연한 살을 어떻게든 베어내고자 호시탐탐 엿보는 메스가 있을 뿐이었다. 아이들은 순식간에 시간과 공간을 옮겨온 셈이었다. 20세기말의 프랑스를 떠나 중세의 중국에서 살게 된 것이다.

학교의 규율이 엄격하다는 것은 말할 필요도 없었다. 훈련은 아침 일찍 시작되어 저녁 늦게 끝났다. 그 사이에 명칭에 어울리지 않는 정말 보잘것없는 식사 시간과 공부 시간이 있을 뿐이었다. 학생들은 휴식을 취하고 싶은 마음이 어찌나 간절했던지 공부 시간에 꼭 필요한 지적 노력 같은 건 잊어버릴 수밖에 없었다.

이런 훈련을 통해 학생들은 이미 지나치게 여윈 아이들을 포함해 모두 살이 빠졌다. 이미 너무 여위어 있던 아이들은 상식적으로 걱정해야 하는 상황임에도 오히려 즐거워했다. 해골에게는 너무 마른다는 게 있을 수 없는 법.

하지만 첫날의 예상과는 달리 가장 커다란 걱정거리는 체중이 아니었다. 여러 시간 동안 휴식 없이 이어지는 훈련으로 인해 지친 나머지 학생들의 머릿속에는 그저 어딘가에 앉고 싶다는 생각뿐이었다. 그들에게는 근육을 사용하지 않는 때가 기적처럼 달콤하게 느껴졌다.

잠을 깨는 순간부터 플렉트뤼드는 잠들 수 있는 시간을 기다렸다. 피곤에 지쳐 고통스러운 몸을 침대에 눕힐 수 있는 그 순간이 얼마나 달콤했던지 다른 것은 생각할 수 없었다. 잠이 소녀들의 유일한 휴식이었다. 식사 시간은 오히려 고통스러웠다. 교사들이 어찌나 음식을 죄악시했던지 보잘것없는 음식도 유혹적으로 느껴졌다. 아이들은 먹을 것이 불러일으키는 욕구에 진저리치며 두려움에 차서 음식을 집어 들었다. 한 입도 많았던 것이다.

플렉트뤼드는 이내 몇 가지 의문에 휩싸였다. 그 애가 그 학교에 입학한 것은 발레리나가 되기 위해서였지, 자는 것이 최고의 소원일 정도로 삶의 즐거움을 잃어버리기 위해서가 아니었다. 이곳에서 그 애는 아침부터 저녁까지 춤을 추었지만 춤을 춘다는 느낌이 들지 않았다. 그 애는 마치 쓰는 일을 금지당한 채 줄곧 문법만을 공부하고 있는 작가가 된 것 같았다. 물론 문법도 중요하지만 그것은 결국 글쓰기를 위해 있는 것이 아닌가. 목적을 빼앗긴 그 애는 하나의 부호에 불과했다. 오페라 무용 학교에서 보낸 그때처럼 그 애가 자신이 발레리나 같지 않다고 느낀 적도 없었다. 얼마 전까지 받았던 발레 수업에서는 조금이나마 안무법을 구사할 수 있었다. 하지만 이곳에서는 연습뿐이었다. 이곳의 보조봉은 갤리선(사람들의 힘으로 노를 움직이는 거대한 항해선)을 연상시켰다.

많은 학생들이 이런 당혹감을 느끼고 있는 것 같았다. 드러내놓고 그런 이야기를 하는 사람은 없었지만, 아이들 사이에 낭패감이 퍼져가고 있음이 느껴졌다.

이탈하는 아이들도 있었다. 학교 당국은 그 일을 바라

고 있는 것 같았다. 하나의 자퇴는 또 다른 자퇴를 불러왔다. 교사들은 즐거워했고, 플렉트뤼드는 고통스러웠다. 그 애에게는 하나의 자퇴가 하나의 죽음처럼 여겨졌다.

이윽고 올 것이 오고야 말았다. 그 애 역시 학교를 떠나고 싶은 유혹을 느꼈던 것이다. 그 애가 행동으로 옮길 수 없었던 것은 어머니가 자신을 비난할 것이라는, 아무리 합리적인 설명도 소용이 없으리라는 막연한 예감 때문이었다.

학교 당국은 미리 명단을 정해놓고 해당 학생들이 떨어져나가기를 기다리고 있었던 것이 분명했다. 왜냐하면 어느 날 그들의 태도가 돌변했던 것이다. 학생들은 넓은 방으로 소집되었다. 연설은 이렇게 시작되었다.

"너희는 최근 많은 학생들이 떠나간 것을 목격했다. 우리가 고의로 그렇게 만들었다고까지는 말하지 않겠다만, 굳이 그 일이 아쉽다고 하고 싶진 않다."

침묵이 흘렀다. 오직 아이들을 불편하게 하기 위한 목적에서 말을 끊은 것이 분명했다.

"떠난 아이들은 진정으로 춤추고 싶은 마음이 없었다는 것을 증명한 셈이다. 더 정확히 말하자면, 그들은 진짜 발레리나에게 필요한 인내를 갖고 있지 않다는 사실을 입증했다. 그 말 많은 아이들 중 몇몇이 자퇴하면서 뭐라고 했는 줄 아는가? 자신들은 이곳에 춤을 추러 왔는데, 이곳에서는 춤을 추지 않는다고 했다. 도대체 무슨 생각을 하고 있었나? 입학하자마자 당장 〈백조의 호수〉라도 출 줄 알았나?"

플렉트뤼드는 어머니가 잘 쓰는 말을 떠올렸다. "늑대를 겁주기 위해 개를 패는군."(베두원 족의 속담 : 역주) 그랬다, 바로 그랬다. 교사들은 남아 있는 학생들을 겁주기 위해 이미 자퇴한 학생들을 비난하고 있었다.

"발레란 그 자체로 가치를 갖는다. 춤을 춘다는 것, 관객을 앞에 두고 무대 위에서 춤을 춘다는 것은 이 세상에서 가장 큰 행복이다. 실제로 관객이나 무대가 없다 해도 춤이란 절대적인 도취다. 그토록 심오한 즐거움이 가혹한 희생을 요구하는 것은 당연하다. 우리가 여기서 너희들에게 하는 교육은 발레의 본 모습, 곧 수단이 아니라 보상을 보여주고자 하는 것이다. 자격을 갖추지 못한 학생들에게까지 춤을 추게 할 수는 없다. 하루에 여덟 시간을 보조봉 위에서 보내고 단식에 가까운 식사를 하는 것이

힘들게 느껴지는 학생은 춤추고 싶은 욕구가 그렇게 절실하지 않은 것이다. 아직도 떠나고 싶은 사람이 있다면 떠나라!'

더 이상 아무도 떠나지 않았다. 전갈이 제대로 받아들여진 것이다. 설명을 제대로 듣기만 한다면 인간은 아무리 지독한 규율이라도 받아들일 수 있다.
마침내 그 보상이 주어졌다. 그들은 춤을 추게 되었다.
물론 대단한 춤은 아니었다. 하지만 보조봉을 떠나 홀 한가운데에서 다른 사람들의 시선을 받으며 몸을 던져 몇 초간 회전을 하고, 자신이 그런 기교를 지니고 있음을 확인하는 것은 굉장한 충격이었다. 10초 동안 그런 즐거움을 얻을 수 있다면, 2시간 동안 춤을 춘다면 얼마나 행복할지 상상조차 할 수 없었다.
플렉트뤼드는 발레학교에 들어오지 못한 로젤린에게 처음으로 연민을 느꼈다. 로젤린은 발레를 한낱 오락으로 여기는 평범한 여자가 될 터였다. 이제 플렉트뤼드는 교사들의 엄한 태도에 감사할 수 있었다. 그들은 발레가 종교라는 사실을 가르쳐 주었다.

그때까지 어이없게 생각되던 것들이 이제 당연하게 느껴졌다. 굶주림, 기교에 대한 장광설을 들으며 보조봉 위에서 보내는 여러 시간, 모욕, 실제로는 살찐 것과 거리가 먼 아이들을 뚱뚱한 암소로 취급하는 그 모든 일들이 그때부터는 견딜 만한 것으로 여겨졌다.

더 심한 일들도 있었다. 처음에 그런 일들을 당했을 때 플렉트뤼드는 인간의 기본권을 침해하는 거라고 외치고 싶은 충동을 느꼈지만, 이제는 더 이상 반항심이 들지 않았다. 성적인 징후가 다른 아이들보다 빨리 나타나는 아이들은 사춘기의 변화를 정지시키는 금지된 알약을 먹어야 했다. 약간의 조사 끝에 플렉트뤼드는 고학년에도 생리를 하는 학생이 없다는 사실을 알아냈다.

그 애는 그 점에 대해 체격이 큰 어떤 아이와 이야기를 나누었다. 아이의 대답은 이러했다.

"대부분의 학생에게는 그런 약조차 필요 없어. 영양실조로 인해 생리나 생리를 유발하는 신체 변화가 일어나질 않거든. 하지만 그런 혹독한 상황에서도 사춘기 징후를 보이는 강인한 체질의 아이들도 있지. 그런 아이들은 생리를 멈추게 한다고 공공연하게 알려진 알약을 먹는단다. 이 학교에서 찾을 수 없는 물건 제1호가 생리대일걸."

"남몰래 생리하는 아이들도 있지 않을까?"

"미친 소리! 아이들은 그게 자신에게 치명적이라는 사실을 잘 알고 있어. 아이들이 자진해서 약을 달라고 하는걸."

이런 이야기 또한 과거의 플렉트뤼드라면 경악했을 만한 것이었다. 하지만 이제 아무리 지독한 인위적 조치라도 받아들일 수 있게 된 그 애에게는 그곳의 스파르타식 규칙이 멋지게 여겨졌다.

플렉트뤼드의 분별력은 교사들의 억압으로 마춰되어 있었다. 교사들의 말은 학생들에게 절대적이었다.

다행히 플렉트뤼드의 내면에는 사춘기의 목소리보다 분별 있고 비판적인, 아직 그렇게 멀어지지 않은 유년의 목소리가 남아 있었다. 그 목소리는 그 애에게 유익하지만 불온하기 짝이 없는 다음과 같은 말을 속삭였다. "이곳을 왜 '에콜 데 라' (쥐들의 학교)라고 부르는 줄 알아? '쥐'라는 게 학생들을 가리키는 것 같지만 사실은 교사들을 말해. 그래, 그들이 바로 커다란 이빨로 발레리나들의 속살을 갉아먹는 비열한 쥐들이야. 학생들에겐 발레에 대한 열정이 있지만 교사들에겐 거의 없어. 쥐의 본분에 충실해 우리를 갉아먹는 데에만 관심이 있을 뿐이야. 쥐란 인색한 존재를 뜻해. 돈에만 인색하다면 얼마나 좋을까! 아름다움에, 즐거움에, 삶에, 춤 자체에 인색한 거야! 그들은 입으로는 춤을 사랑한다고 하지! 하지만 천만에, 그들이야말로 춤의 가장 큰 적인걸! 그들은 춤을 증오하기 때문에 선택된 이들이야. 그들이 춤을 사랑한다면, 우리가 이렇게 힘들 리가 없어. 학생들은 교사가 좋아하는 것을 자동적으로 좋아하게 되어 있어. 여기에서는 우리에게 초인적인 것을 요구하고 있어. 교사들 자신은 예술을 증오하면서 우리에게는 그들의 졸렬한 정신이 하루에도 백 번씩 배반하는 예술을 위해 스스로를 희생하라고 요구하니 말이야. 춤이란 비상이자 우아함, 너그러움. 절대적인 헌신이야. 쥐들의 정신 상태와는 정반대라고."

로베르 사전에는 그 애가 모르고 있던 내용이 있었다. 플렉트뤼드는 기뻐하며 허겁지겁 그 내용을 읽었다. "시궁쥐, 독 안의 쥐 꼴이 되다, 생쥐 같은 낯짝, 인색한, 쩨쩨한." 그랬다, 그 학교의 이름은 제대로 붙여진 것이었다.

하지만 그런 비열한 이들을 교사로 선발한 데에는 그럴

만한 이유가 있었다. 나름의 근거에서 학교 당국은 꼬마 발레리나들의 사기를 북돋는 것이 교육상 좋지 않다고 판단했다. 춤이란 총체적인 예술로서 존재 전체를 투자할 것을 요구한다. 따라서 발레를 배우려는 아이들은 그 이상이 바닥까지 흔들린다 해도 춤을 추고 싶어 해야 했다. 그런 시련을 감당할 수 없다면 스타로서의 정신력을 가질 수 없을 터였다. 기괴하긴 하지만 그런 방식은 고도의 심리적 판단에 기초한 것이었다.

다만 문제는 교사들이 자신들의 방식에 깃든 알맹이를 모르고 있다는 데 있었다. 그들은 자신들의 가학 성향에 그런 고매한 사명이 깃들어 있음을 알지 못한 채 순전히 악의에서 아이들을 괴롭혔다.

이런 식으로 플렉트뤼드 역시 은밀히 교사들을 증오하며 춤추기를 배웠다.

3개월 만에 플렉트뤼드는 5킬로그램이 빠졌다. 그 애는 몹시 기뻤다. 살이 빠진 것과 더불어 그 애는 특별한 현상을 목격했다. 40킬로그램이라는 상징적 보조봉 아래로 체중이 내려가자 감정까지 사라졌던 것이다.

마티외 살라댕, 전에는 플렉트뤼드를 도취 상태에 빠지게 했던 그 이름이 이제 아무렇지도 않게 들렸다. 그 동안 마티외 살라댕을 보거나 소식을 들은 것도 아니었으므로 그 남자애에게 환멸을 느껴서도 아니었다. 또한 다른 사내애를 만나 살라댕을 잊게 된 것도 아니었다.

플렉트뤼드가 냉정해진 것이 세월 때문은 더더욱 아니었다. 3개월은 짧은 시간이었다. 게다가 그 애는 스스로를 관찰해왔으므로 만약 세월 때문이었다면 그걸 모를 리가 없었다. 몸무게가 1킬로그램 빠질 때마다 플렉트뤼드의 몸에서는 일정량의 사랑의 감정이 빠져나갔다. 하지만 플렉트뤼드는 그것을 애석해하지 않았다. 애석하게 여기기 위해서는 감정이 남아 있어야 했다. 5킬로그램의 살과 번거로운 열정이라는 두 가지 부담에서 벗어날 수 있게 된 것이 그 애는 오히려 기뻤다.

플렉트뤼드는 다음과 같은 멋진 규칙을 지키겠다고 다짐했다. 사랑, 후회, 욕망, 열정, 이 모든 어리석은 감정들은 40킬로그램 이상의 육체에서만 나타나는 증상이므로 자신은 결코 그 선을 넘지 않으리라는 것이었다.

불행히 또다시 그 수치에 도달해 뚱뚱해진다 해도, 그

리하여 감정으로 인한 고통이 다시 시작된다 해도 이제 그 애는 그런 한심한 증상을 가라앉힐 수 있는 방법을 알고 있었다. 음식을 먹지 않음으로써 40킬로그램 아래로 내려가면 될 터였다.

35킬로그램이 되자 삶이 달라졌다. 매일의 신체적 고통을 극복하고, 에너지를 배분해 여덟 시간의 훈련을 견뎌내며, 식사 시간에 용기 있게 유혹에 저항하고, 기운이 떨어지는 것을 다른 사람들 앞에서 감추는 것, 요컨대 마침내 출 수 있게 된 춤을 완벽하게 추어야 한다는 것이 강박관념이 되었다.

춤은 유일한 초월이었다. 춤은 그 무미건조한 생활을 충분히 보상해주었다. 춤을 통한 비상이라는, 그 믿을 수 없는 느낌을 경험할 수 있다면 건강 같은 건 어떻게 되어도 상관없었다.

클래식 발레에 대해 사람들이 잘못 생각하고 있는 점이 있다. 많은 이들에게 있어서 클래식 발레는 발레용 스커트와 분홍색 발레화, 발끝으로 서는 자세나 공중으로 솟구쳐 오르는 동작 같은 기교들로 이루어진 우스꽝스러운 세계에 지나지 않는다. 더 고약한 것은 실제가 그렇다는 점이다. 사실 클래식 발레란 그런 것이다.

하지만 그것이 다는 아니다. 그 낭창한 겉치레, 그 베일, 그 낭만적 쪽머리와 형식성을 빼고도 중요한 무엇인가가 남아 있다. 오늘날 클래식 발레 전공자들이 권위 있는 학교에 채용되고 있는 것이 그 증거다.

발레의 요체는 도약이다. 미쳤다는 말을 듣지 않을까 하는 두려움에서 그 어떤 교사도 그런 말을 입 밖에 내지 않는다. 하지만 시손(엇갈려 발끝서기), 앙트르샤(공중에서 양발을 엇갈리기), 즈테(한 발로 뛰어올라 다른 발로 내려서기)를 배운 사람이라면 그 사실을 확신할 수 있다. 발레에서 사람들이 가르치고자 하는 것은 바로 날아오르는 기술인 것이다.

보조봉 훈련이 그토록 지루한 것은 그것이 횃대이기 때문이다. 비상을 꿈꾸는 이에게 있어서, 자유로운 대기의 부름이 팔다리에 느껴지는데 나무토막에 매여 여러 시간을 보내야 하는 것은 화가 치미는 일이 아닐 수 없다.

실제로 보조봉 훈련은 새끼 새들이 새집 안에서 받는 훈련과도 같다. 그들은 날기 전에 날개를 펼치는 법을 배운다. 어린 새들에게 있어서 훈련은 몇 시간으로 충분하다. 하지만 인간이 종(種)을 바꾸어 날아보고자 하는 엉뚱한 계획을 세웠다면, 여러 해에 걸쳐 고된 훈련을 해야 하는 것은 당연할 터.

마침내 횃대 곧 보조봉을 떠나 허공에 몸을 던지는 순간, 춤추는 이는 기대 이상의 보상을 받는다. 회의적인 관객들은 바로 그 순간 춤추는 이의 몸속에서 어떤 일이 벌어지는지 알지 못한다. 춤추는 이는 진정한 광기에 휩싸인다. 물론 규칙을 엄수하는 광기다. 하지만 엄격한 규율이 있다고 해서 사태의 불합리성이 해소되는 건 아니다. 클래식 발레는 인간이 날 수 있다는 개념을 실현 가능하고 합리적인 것으로 제시하고자 하는 일련의 기교에 다름 아니다. 사태가 이럴진대, 여기에 기괴하고 나아가 엽기적이기까지 한 치장이 동원되는 것이 어떻게 놀랄 일이겠는가? 이렇게 엉뚱한 계획을 세우는 이들의 정신이 온전하기를 기대하는 것 자체가 무리 아닌가?

이 긴 여담은 클래식 발레를 가볍게 여기는 이들에게 들려주기 위한 것이다. 가볍게 웃어넘기는 것이 잘못은 아니지만, 그것뿐이어서는 곤란하다. 클래식 발레의 이면에는 어마어마한 이상 또한 감추어져 있는 것이다.

그 어마어마한 이상은 어린 소녀의 생각에 강한 마약처럼 치명타를 가한다.

크리스마스가 되자 학생들은 짧은 방학을 보내기 위해 집으로 돌아가야 했다.

학생들 중 그 누구도 그 일을 기뻐하지 않았다. 집에 간다는 생각은 그들에게 오히려 걱정을 불러일으켰다. 방학이 도대체 무슨 소용이 있단 말인가? 방학이란 삶의 목적이 즐거움이었던 시절을 정당화해 주는 것일 뿐이었다. 하지만 그 시절, 어린 시절은 지나갔다. 이제 삶의 유일한 의미는 춤이었다. 식사와 나태로 이루어진 가정생활은 새로운 강박 관념과는 부합하지 않았다.

크리스마스가 다가오는 것에 감흥이 없어지는 것이야말로 유년과의 이별을 뜻할지도 모른다고 플렉트뤼드는 생각했다. 그 애에게 그런 일은 처음이었다. 지난해 열세 살이 되는 것을 그렇게 두려워했던 그 애의 생각은 옳았다. 이제 그 애는 정말이지 딴사람이 되어 버렸다.

모두가 그 사실을 확인했다. 그 애의 여윈 모습에 모두 충격을 받았다. 플렉트뤼드를 보고 감탄한 건 어머니뿐이었다. 드니, 니콜, 베아트리스, 그리고 그 집에 초대받은 로젤린은 비난조로 말했다.

"네 얼굴은 마치 칼날 같아."

"저 앤 발레리나야. 저 애가 통통한 뺨을 하고 우리에게 돌아오기를 기대해선 안 돼. 넌 지금 아주 예쁘단다, 플렉트뤼드." 클레망스가 그 애를 두둔했다.

여윈 모습 말고도 사람들은 그 애에게서 더 근본적인 변화를 감지하고 혼란스러웠지만 그것이 무엇인지 꼭 집어 말할 수 없었다. 어쩌면 그 애에게서는 이제 생기를 찾아볼 수 없다는, 불길하기 짝이 없는 말을 차마 입 밖에 낼 수 없었는지도 모른다. 언제나 잘 웃던 그 소녀에게서 이제 과거의 활기를 찾아볼 수 없었다.

'가족들을 다시 만나 충격을 받아서겠지.' 드니는 생각했다.

하지만 그런 느낌은 날이 갈수록 강해졌다. 꼬마 발레리나는 정신이 딴 데 가 있는 것 같았다. 표면상의 예의 바른 태도에는 무관심한 속마음이 드러나 있었다.

그 애는 식사 시간이 괴로운 것 같았다. 가족들은 그 애가 아주 조금 먹는 것에 익숙해 있었다. 하지만 이제 엄밀히 말해서 그 애는 거의 먹지 않는다고 할 수 있었다. 식탁에 앉아 있는 동안 사람들은 그 애가 줄곧 긴장하고 있음을 느낄 수 있었다.

플렉트뤼드가 머릿속에서 무슨 생각을 하고 있는지를 알았다면, 그들의 걱정은 더욱 커졌으리라.

도착한 바로 그날부터 그 애에게는 가족 모두가 너무나도 뚱뚱하고 미련해 보였다. 날씬한 축에 드는 로젤린도 플렉트뤼드에게는 거대해 보였다. 사람들이 어떻게 그렇게 살이 찌고도 견딜 수 있는지 그 애는 의아했다.

무엇보다도 플렉트뤼드는 그들이 어떻게 그렇게 단조롭고 게으르고 목적 없는 헛된 삶을 견뎌내고 있는지 이해할 수 없었다. 그 애는 자신의 치열한 생활과 금기에 안도했다. 적어도 자신은 무엇인가를 향해 나아가고 있지 않은가. 플렉트뤼드는 고통을 예찬하는 그런 인간은 아니었지만 삶에 의미가 필요하다고 여겼다. 그 점에서 보자면 그 애는 이미 어린아이가 아니었다.

로젤린이 나지막한 소리로 그 동안 학급에서 있었던 여

러 사건을 이야기해 주었다. 로젤린은 흥분해 쿡쿡거리며 웃었다.

"이거 아니? 글쎄 바네사가 프레드와 사귄단다. 맞아, 그 3학년 남자애 말이야!"

로젤린은 플렉트뤼드가 아무런 반응도 보이지 않자 이내 실망한 모양이었다.

"넌 나보다 더 오랫동안 그 애들과 같은 반이었잖아. 그런데도 아무렇지도 않아?"

"나쁘게 생각하지 마. 이제 그 모든 것이 얼마나 아득하게 느껴지는지 안다면 지금의 날 이해할 수 있을 거야."

"마티외 살라댕도 현재가 아닌 과거의 사람이라는 거야?" 로젤린이 물었다.

"물론이지." 플렉트뤼드가 지친 태도로 대답했다.

"전엔 한 번도 그런 적 없었잖아."

"지금은 그래."

"너희 학교에도 남학생이 있니?"

"없어. 남자애들은 따로 수업을 받아. 남자애들은 본 적이 없어."

"그럼 여자애들뿐이란 말이니? 그런 노예선이 어디 있

어!"

"이해가 갈지 모르겠지만, 우리는 그런 생각을 할 여유가 없어."

플렉트뤼드는 40킬로그램 이상과 그 이하를 나누는 벽에 대한 설명을 차마 시작할 수 없었다. 하지만 그 애는 그런 현실을 그 어느 때보다도 절실히 느꼈다. 그런 우스꽝스러운 아이들의 연정이 자신과 무슨 상관이란 말인가! 딱하게도 브래지어를 하고 있는 로젤린에게 그 애는 연민을 느꼈다.

"이거 보여줄까?"

"뭐?"

"내 브래지어 말이야. 내가 말하고 있는 동안 넌 줄곧 이걸 힐끔거렸잖아."

로젤린은 티셔츠를 들어올렸다. 플렉트뤼드는 괴로운 비명을 내질렀다.

마음속으로 교사들에 대한 반항을 키우고 그로부터 춤추는 법을 익힌 그 소녀는 가족들에 맞서 살아가는 법 역시 배웠다. 그 애는 입 밖에 내어 말하지는 않았지만, 경악의 감정으로 가족들을 관찰하고 있었다. '어쩌면 저리들 낙오자 같을까! 중력의 법칙에 맹종하고 있잖아! 삶은 훨씬 고상하고 근사해야 하는데 말이야.'

그 애는 그들의 생활이 자신의 생활과는 정반대로 긴장과는 동떨어져 있음을 알았다. 때때로 그들이 고아인 자신을 입양한 것은 아닐까 하는 의문이 들기도 했다.

"난 정말 저 애가 걱정이야. 저 애는 너무 말랐어." 드니가 말했다.

"맞아. 그런데 그게 어떻다는 거지? 저 애는 발레리나잖아." 클레망스가 대답했다.

"발레리나라고 해서 다 저 애처럼 마른 것은 아니야."

"저 애는 열세 살이야. 저 나이에는 저게 정상이야."

그런 이야기에 안심한 드니는 잠이 들었다. 부모들은 각자가 마음 편한 대로 생각해 버렸다. 정확한 자료 — 청소년의 평균 체중에 관한 — 를 갖고 있으면서도 그들은 상황을 직시하려 하지 않았다. 물론 그들의 막내딸은 원래 야윈 편이었다. 하지만 현재 그 애의 여윈 모습은 정상의 범위를 훌쩍 벗어나 있었다.

휴가가 지나갔다. 플렉트뤼드는 학교로 돌아갔다. 그 애로서는 정말이지 마음 놓이는 일이었다.

"난 이따금 아이 하나를 잃어버린 것 같은 느낌이 들어." 드니가 말했다.

"당신은 이기주의자야. 그 애가 행복하면 되잖아." 클레망스가 반박했다.

클레망스는 이중으로 자신을 속이고 있었다. 우선 그녀의 딸은 행복하지 않았다. 그리고 그녀 자신의 이기주의에 비하면 남편의 이기주의는 아무것도 아니었다. 너무나도 발레리나가 되고 싶었던 그녀는 플렉트뤼드를 통해 그 야망을 대리만족시키고 있었다. 그런 이상에 아이의 건강이 희생되는 것쯤은 중요하지 않았다. 만약 사람들이 그녀에게 그런 사실을 지적했다면, 그녀는 두 눈을 휘둥그렇게 뜨고 이렇게 외쳤으리라.

"내가 원하는 건 그저 딸아이의 행복뿐이라구요."

그리고 그것은 그녀의 진심이었다. 부모들은 자신들의 진심 아래 감추어진 저의를 알지 못한다.

오페라 무용 학교에서 보내는 플렉트뤼드의 생활은 행

복하다고 할 수는 없었다. 행복에는 최소한의 안정감이 있어야 하는데, 그 애는 최소한의 안정감도 누릴 수 없었다. 당연한 일이었다. 그 단계에서 플렉트뤼드는 건강을 유지할 수 없었던 것이다. 그 애는 건강을 걸고 도박을 하고 있는 셈이었다. 본인도 그 사실을 알고 있었다.

그 생활을 도취라고 할 수는 있었다. 그 황홀경은 금기와 신체적 고통과 위험과 두려움을 깡그리 잊어버리는 지독한 건망증을 통해서만 얻을 수 있었다.

그런 자발적 건망증을 통해 모든 것을 잊어버리고 춤 속에 몸을 던진 그 애는 거기서 광기 어린 환상과 비상의 최면 상태를 경험할 수 있었다.

플렉트뤼드는 그 학교에서 가장 뛰어난 학생들 중 하나가 되어갔다. 물론 가장 여윈 축은 아니었지만, 가장 우아한 동작의 소유자임에는 논란의 여지가 없었다. 그 애는 자연의 선물인 자연스러운 동작을 지니고 있었다. 정말 부당한 일 아닌가. 그도 그럴 것이 그런 은총은 태어나는 것과 동시에 주어지든가 거부되든가 할 뿐 일단 태어난 후에는 아무리 노력해도 얻어질 수 없는 것이다.

아울러 그 애에게는 손상되지 않은 아름다움이 있었다.

몸무게가 35킬로그램이었음에도 불구하고 그 애는 교사들이 날씬하다고 칭찬하는 '해골'들과는 다른 아름다움을 갖고 있었다. 그 애에게는 환상적인 아름다움으로 얼굴을 빛내주는 발레리나의 눈이 있었다. 학생들에게 말하지는 않았지만, 교사들은 스타 발레리나로 선택되는 데 미모가 중요하다는 사실을 알고 있었다. 그런 점에서 플렉트뤼드는 타의 추종을 불허하는 존재였다.

은밀히 플렉트뤼드를 괴롭히는 것은 건강이었다. 그 애는 그 사실을 아무에게도 이야기하지 않았지만, 밤마다 다리가 너무 아파서 신음을 내지르지 않을 수 없었다. 의학적인 지식이 전혀 없지 않았던지라 그 애는 그 원인을 추측하고 있었다. 그 애는 유제품을 전혀 섭취하고 있지 않았던 것이다. 실제로 그 애는 탈지 요구르트를 몇 입만 먹어도 몸이 '붓는다'는 것을 경험으로 알았다(오죽하면 '붓는다'는 표현을 썼겠는가).

그런데 탈지 요구르트는 그 학교에서 허락된 유일한 유제품이었다. 그것을 먹지 않는다는 것은 사춘기의 청소년들에게 꼭 필요한 칼슘을 전혀 섭취하지 않는다는 뜻이었다. 학교의 어른들이 정신 나간 이들이긴 했지만 요구르트까지 금지하지는 않았으므로, 가장 여윈 아이들조차 탈지 요구르트를 먹고 있었다. 그런데 플렉트뤼드는 그것을 식단에서 제외했던 것이다.

이런 영양 결핍은 얼마 지나지 않아 그 애의 두 다리에 격렬한 통증을 몰고 왔다. 그 애가 몇 시간 동안 움직이지 않고 있을 수 있을 때는 밤뿐이었는데, 통증을 가라앉히기 위해서는 일어나 움직여야 했다. 하지만 두 다리가 움직여지는 순간 고문과도 같은 고통이 몰려왔다. 플렉트뤼드는 비명을 지르지 않기 위해 잇새에 헝겊을 물어야 했다. 장딴지와 허벅지의 뼈들이 부서질 것 같은 느낌이 들곤 했다.

플렉트뤼드는 그런 고통의 원인이 뼈에서 칼슘이 빠져나가기 때문임을 알고 있었다. 하지만 그 애로서는 그 끔찍한 요구르트를 다시 먹을 수가 없었다. 자신도 모르는 사이에 그 애는 거식증이라는 내적 기제의 희생자가 되어 있었다. 일단 금지된 식품은 견딜 수 없는 죄의식 없이는 다시 먹을 수 없게 된 것이다.

그 애는 다시 2킬로그램이 빠졌다. 그 사실은 탈지 요구르트가 '부담'이라는 생각이 옳았음을 확인해 주었다.

부활절 방학 때, 드니는 플렉트뤼드에게 해골 같다고 했지만, 클레망스는 즉각 드니의 말을 반박하며 그 애의 아름다움에 황홀해했다. 가족 중에서 플렉트뤼드가 줄곧 편안하게 대할 수 있는 사람은 클레망스뿐이었다. "엄마는 적어도 날 이해하고 있어." 언니들과 로젤린조차도 그 애를 낯선 사람처럼 바라보았다. 그 애는 더 이상 그들의 일원이 아니었다. 그들은 뼈들의 집합체에 지나지 않는 그 애에게 그 어떤 공감도 느낄 수 없었다.

35킬로그램 아래로 내려간 후 그 발레리나는 더더욱 감정을 느끼지 않기에 이르렀다. 그러므로 그 애는 그런 식의 따돌림에 고통스러워하지 않았다.

플렉트뤼드는 스스로의 삶에 감탄했다. 중력과의 싸움에서 유일하게 승리한 여주인공이 된 것 같았다. 그 애는 단식과 춤으로 중력에 맞섰다.

그 삶의 성배는 찬란한 비상(飛翔)이었고, 플렉트뤼드는 그 어떤 기사보다 그것에 가까이 도달해 있었다. 그런 고매한 목적을 생각하면 밤의 고통이 뭐 그리 중요하겠는가?

로베르 인명사전 135

여러 달, 여러 해가 흘렀다. 그 발레리나는 카르멜회 수녀가 자기 교단에 통합되듯 그 학교에 통합되었다. 학교 밖에서는 구원을 찾을 수 없었다.

그 애는 떠오르는 별이었다. 사람들은 그 애를 최고로 간주했다. 그 애도 그 사실을 알고 있었다.

열다섯 살이 되었지만 그 애의 키는 여전히 155센티미터였다. 오페라 무용 학교에 들어온 후 0.5센티미터도 자라지 않은 셈이었다. 그리고 체중은 32킬로그램이었다.

때때로 그 애는 그 학교에 들어오기 이전의 삶이 전혀 없었던 것 같은 느낌이 들곤 했다. 그 애는 자신의 생활이 영원히 변하지 않기를 바라고 있었다. 그 애에게는 자신에 대한 사람들의 찬탄 — 실제든 환상이든 간에 — 외에 다른 애정은 필요하지 않았다.

그 애는 어머니가 자신을 몹시 사랑하고 있음을 알고 있었다. 겉으로 내색하진 않았지만, 어머니의 사랑은 그 애를 지지해 주는 근간이었다. 어느 날 그 애가 다리의 통증에 대해 털어놓자 클레망스가 말했다.

"넌 정말 씩씩하구나!"

플렉트뤼드는 어머니의 찬사를 음미했다. 하지만 마음

속 깊은 곳에서 그 애는 어머니가 전혀 다른 대답을 했어야 한다는 느낌이 들었다. 그것이 무엇인지는 알 수 없었다.

올 것이 오고야 말았다. 11월의 어느 날 아침 플렉트뤼드는 고통의 신음 소리를 내지 않기 위해 잇새에 헝겊을 물고 자리에서 일어서다가 쓰러지고 말았다. 퍽 하고 다리뼈가 부러지는 소리가 들려왔다.

그 애는 더 이상 움직일 수가 없었다. 그녀는 소리를 질러 도움을 청했다. 그녀는 병원으로 실려갔다.

환자를 만나보기 전에 그 애의 엑스레이 사진을 살펴본 의사가 말했다.

"이 여자의 나이가 어떻게 되죠?"

"열다섯 살입니다."

"뭐라고요?! 이 뼈의 상태는 폐경된 60세 할머니의 뼈 같은데요!"

플렉트뤼드는 검진을 받았다. 그 애는 2년 전부터, 칼슘이 절실히 필요한 시기에 유제품을 전혀 섭취하지 않았다고 털어놓았다.

"거식증이니?"

"아녜요. 어떻게 그런 말을." 그 애가 정말로 분개해서 말했다.

"네 나이에 몸무게가 30킬로그램인 것이 정상이라고 생각하니?"

"32킬로그램이에요!" 그 애가 항의했다.

그 애는 클레망스의 논리를 동원하기로 했다.

"난 발레리나예요. 발레를 하는 사람들은 살이 찌지 않아야 해요."

"발레리나들을 수용소에서 데려오는지 몰랐는걸."

"그런 어이없는 말이 어디 있어요! 지금 우리 학교를 모욕하시는 거예요!"

"학교라는 데가 아직 어린 학생을 자기 파멸에 이르도록 방치해도 된다고 생각하니? 난 경찰에 이 사실을 알려야겠다." 그리 냉정해 보이지도 않는 의사가 단호하게 말했다.

플렉트뤼드는 본능적으로 자신의 교단을 옹호했다.

"그런 게 아니에요! 이건 내 잘못이에요! 내가 남들 모르게 안 먹은 것뿐이에요. 아무도 몰랐어요."

"아무도 알려 들지 않았겠지. 그 결과 넌 그저 넘어졌을 뿐인데 넓적다리뼈가 부러진 거고. 만약 네가 정상이었다면 한 달 정도 깁스하는 것으로 충분했을 거다. 하지만 지금 네 상태로는 몇 달 동안 깁스를 하고 있어야 할지 알 수가 없구나. 그 다음에 재활 훈련도 받아야 하고."

"그럼 오랫동안 춤을 출 수 없나요?"

"얘야, 넌 영원히 춤을 출 수 없단다."

플렉트뤼드의 심장이 멈추었다. 그 애는 일종의 혼수상태로 빠져들었다.

며칠 후 플렉트뤼드는 혼수상태에서 깨어났다. 아무것도 기억나지 않는 달콤한 시간이 지나자 자신이 받은 선고가 머릿속에 떠올랐다. 친절한 간호사가 그 애에게 형벌의 내용을 확인시켜 주었다.

"네 뼈는 너무나도 약해져 있어. 특히 다리뼈가 말이야. 부러진 넓적다리뼈가 붙는다 해도 발레를 다시 시작할 순 없어. 조금만 뛰거나 충격을 받아도 다시 부러질 수 있거든. 칼슘 보충을 위해 여러 해 동안 많은 양의 유제품을 섭취해야 한단다."

플렉트뤼드에게 더 이상 춤을 출 수 없다는 말은 나폴레옹에게 영원히 군대를 가질 수 없다는 선고와도 같았다. 그것은 그 애에게서 소명뿐 아니라 삶 자체를 앗아가는 것이었다.

그 애는 그 사실을 믿을 수가 없었다. 많은 의사들에게 문의했다. 한 줄기 희망이라도 남겨 주는 의사는 없었다. 차라리 잘된 일이었다. 누군가 단 1퍼센트라도 나을 가능성이 있다고 말했다면, 그 애는 그 가능성에 인생을 걸었을 터였다.

며칠 후 플렉트뤼드는 클레망스가 자신의 머리맡을 지키고 있지 않다는 사실을 깨닫고 깜짝 놀랐다. 그 애는 전화를 걸어 물어보았다. 드니의 말에 따르면 클레망스는 그 애의 끔찍한 소식을 듣고 큰 병이 났다는 것이었다.

"열이 나고 헛소리를 한단다. 네 어머니는 너랑 자기 자신을 동일시하고 있어. '겨우 열다섯 살에 내 꿈이 끝장날 순 없어. 난 발레리나가 될 거야. 발레리나 외에 그 어떤 것도 될 수 없어.'라고 중얼대고 있으니."

클레망스가 당하는 고통을 생각하자 플렉트뤼드는 견딜 수 없었다. 병원 침대에 누운 채 그 애는 혈관 속으로

방울방울 떨어지는 주사액을 물끄러미 바라보았다. 사람들이 자신에게 주사하고 있는 것은 영양제가 아니라 불행임이 분명했다.

 최소한의 움직임도 금지되어 있었던 만큼 플렉트뤼드는 오랫동안 병원에 입원해 있었다. 드니가 이따금 그 애를 보러 왔다. 그럴 때면 그 애는 어째서 클레망스가 같이 오지 않았는지 물었다.
 "네 엄마는 아직도 아프단다." 드니가 대답했다.
 그렇게 몇 개월이 흘렀다. 아버지 외에는 아무도 그녀를 보러 오지 않았다, 가족들도, 무용 학교에서도, 과거에 다니던 학교에서도. 플렉트뤼드는 그 어느 세계에도 속해 있지 않은 사람 같았다.
 그 애는 정말이지 아무것도 하지 않은 채 시간을 보냈다. 신문도 책도 읽지 않았다. 텔레비전을 보는 것도 거부했다. 병원에서는 그 애가 심각한 우울증을 앓고 있다고 진단했다.
 그 애는 아무것도 먹을 수 없었다. 영양제가 있어서 다행이었다. 그렇지만 방울방울 떨어지는 영양제는 그 애에게 혐오감을 불러일으켰다. 자신의 소망과는 반대로 자기 몸을 삶에 묶어놓고 있었던 것이다.

 봄이 되자 그 애는 퇴원해 부모 집으로 갔다. 어머니를 만난다는 생각에 그 애의 가슴이 두근거렸다. 하지만 그런 바람은 이루어지지 않았다. 그 애가 항의했다.
 "이럴 순 없어! 엄마가 죽기라도 한 거예요?"
 "아니, 네 엄마는 살아 있어. 하지만 이런 상태에서 널 보고 싶어 하지 않아."
 플렉트뤼드로서는 도저히 그런 일을 받아들일 수 없었다. 언니들이 학교에 가고 아버지가 외출할 때를 기다려 그 애는 침대에서 나왔다. 이제 그 애는 목발을 짚고 혼자 움직일 수 있었다.
 그 애는 절뚝거리며 부모 침실로 갔다. 클레망스는 아직 자고 있었다. 처음에 어머니가 죽은 줄 알았다. 어머니의 안색은 잿빛이었고, 몸은 자신보다 더 마른 것 같았다. 그 애는 어머니 곁에 주저앉아 울음을 터뜨렸다.
 "엄마! 엄마!"
 잠에서 깬 클레망스가 그 애에게 말했다.

"넌 여기 와서는 안 돼."

"엄마가 너무 보고 싶어서 왔어요. 이제 엄마를 보고 나니 훨씬 좋아요. 엄마가 괜찮은지 알고 싶어요. 엄마만 살아 있으면 나머진 아무래도 좋아요. 다시 음식을 먹으면 엄마 몸이 좋아질 거예요. 우리 둘 다 건강해지는 거예요, 엄마."

그 애는 클레망스가 자신을 안아 주지도 않고 줄곧 냉랭한 태도를 취하고 있음을 깨달았다.

"나 좀 안아 줘요. 내게 정말 필요한 건 그거라고요!"

클레망스는 축 늘어진 채 움직이지 않았다.

"가엾은 엄마, 너무 약해져서 날 안아줄 수도 없군요."

플렉트뤼드는 일어서서 어머니를 바라보았다. 어머니의 모습은 얼마나 달라졌는지! 눈빛에서 더 이상 온기를 찾아볼 수 없었다. 그녀 안에서 뭔가가 죽어버린 것 같았다. 플렉트뤼드는 그것이 무엇인지 알고 싶지 않았다.

그 애는 생각했다. '엄마는 자신과 나를 동일시하고 있어. 내가 음식을 먹지 않기 때문에 엄마도 안 먹는 거야. 내가 먹으면 엄마도 먹을 거야. 내가 나으면 엄마도 나을 거야.'

소녀는 몸을 끌고 주방으로 가서 초콜릿 한 조각을 집었다. 그런 다음 그 애는 클레망스가 있는 방으로 돌아와 침대 가에 앉았다.

"나 좀 보세요, 엄마, 내가 먹는 걸 말이에요."

그 초콜릿은 음식, 그것도 그렇게 풍요롭고 달콤한 음식을 먹는 습관을 까마득히 잊고 있던 그 애의 입에 커다란 충격이었다. 하지만 플렉트뤼드는 거북함을 드러내지 않으려 애썼다.

"이건 밀크 초콜릿이에요, 엄마. 칼슘이 풍부해요. 내 몸에 좋을 거예요."

그러니까 먹는다는 게 이런 것이었던가? 내장이 소스라치고 위가 저항했다. 눈앞이 팽팽 돌았지만 기절하지는 않았다. 이윽고 플렉트뤼드는 먹은 것을 자신의 무릎 위에 토하고 말았다. 부끄럽고 미안해진 그 애는 자신이 토해놓은 것을 물끄러미 바라보았다.

바로 그 순간 클레망스의 메마른 목소리가 들려왔다.

"네가 역겨워."

소녀는 자신에게 그런 비난의 말을 던진 여자의 차가운 눈길을 보았다. 그 애는 자신의 귀와 눈을 믿을 수 없었다. 목발이 허락하는 한 서둘러 그 자리를 벗어났다.

플렉트뤼드는 자기 침대에 쓰러져 울 수 있을 때까지 울었다. 그런 다음 잠이 들었다.

잠에서 깨어났을 때 믿어지지 않는 현상이 일어났다. 배고픔이 느껴졌던 것이다.

그 애는 집에 돌아와 있던 베아트리스에게 음식을 가져다 달라고 부탁했다.

"정말 다행이구나!" 지체 없이 빵과 치즈, 스튜, 햄, 초콜릿을 가져오며 언니가 외쳤다.

소녀는 조금 전의 구토를 너무나도 생생하게 떠올리게 하는 초콜릿에는 손대지 않았다. 대신 나머지 음식들을 모조리 먹어치웠다.

베아트리스는 몹시 기뻐했다.

플렉트뤼드에게 식욕이 돌아왔다. 그것은 병적인 헛헛증이 아니라 건강한 식욕이었다. 몸이 그것을 긴급하게 필요로 한다고 알려주기라도 한 것처럼 플렉트뤼드는 특히 치즈에 관심을 보이며 하루 세 끼 푸짐한 식사를 했다. 아버지와 언니들이 몹시 기뻐했다.

그 덕분에 플렉트뤼드는 이내 체중을 되찾을 수 있었다. 그 애는 다시 40킬로그램이 되었고, 얼굴에는 보기 좋게 살이 올랐다. 모든 것이 잘되어가고 있었다. 이윽고 그 애는 먹는 일에 더 이상 죄책감을 느끼지 않게 되었다. 과거의 거식증을 생각할 때 주목할 만한 발전이었다.

플렉트뤼드의 건강이 회복되자 예상했던 대로 클레망스의 건강도 좋아졌다. 클레망스가 드디어 자기 방에서 나와 딸을 보러 왔다. 무릎에 초콜릿을 토한 날 이후 처음이었다. 클레망스는 얼떨떨한 눈길로 그 애를 바라보더니 이렇게 외쳤다.

"너 뚱뚱해졌구나!"

"그래요, 엄마." 딸이 더듬거리며 대답했다.

"이럴 수가 있니! 전엔 그렇게 예뻤는데!"

"그럼 지금은 예쁘지 않단 말인가요?"

"그래, 넌 뚱뚱해."

"하지만 엄마! 지금 내 체중은 40킬로그램이에요."

"내 말이 바로 그 말이야. 넌 8킬로그램이나 늘었어."

"체중이 늘어야 했어요!"

"양심적으로 말해야지. 네게 필요한 건 칼슘이었지 체

중이 아니었어. 이제 네 모습이 발레리나처럼 보일 거 같니!"

"하지만 엄마, 난 더 이상 춤을 출 수 없어요. 난 더 이상 발레리나가 아니에요. 그것 때문에 내가 얼마나 괴로운지 모르세요? 아픈 상처를 건드리지 마세요!"

"네가 정말 그것 때문에 괴롭다면 그렇게 식욕이 왕성할 수는 없을 거다."

가장 지독한 것은 그 여자가 그런 말을 하면서 동원하는 가혹하기 짝이 없는 어조였다.

"내게 왜 이러는 거예요? 내가 더 이상 엄마 딸이 아니란 말인가요?"

"넌 한 번도 내 딸인 적이 없었다."

클레망스는 모든 이야기를 들려주었다. 뤼세트와 파비앙, 그리고 뤼세트가 파비앙을 죽인 일, 감옥에서 플렉트뤼드를 낳은 일, 그리고 뤼세트의 자살에 이르는 모든 이야기를.

"도대체 무슨 말을 하는 거예요?" 플렉트뤼드가 비명을 질렀다.

"내 말을 못 믿겠다면, 네 아버지, 아니 네 이모부한테 물어 보렴."

도저히 믿을 수 없을 것 같던 순간이 지나고, 이윽고 소녀가 물었다.

"어째서 그 얘기를 하필이면 지금 하는 거죠?"

"언젠가는 네게 말해주어야 하지 않겠니?"

"물론 그렇겠죠. 그런데 어째서 이렇게 잔인한 방식으로 말해야 하는 거죠? 지금까지 엄마는 내게 이 세상에서 가장 좋은 엄마였어요. 그런데 지금은 내가 한 번도 엄마 딸이었던 적이 없다고 하다니."

"그건 네가 날 배신했기 때문이야. 네가 발레리나가 되기를 내가 얼마나 바랐는지 알잖아."

"난 사고를 당했잖아요! 이건 내 잘못이 아니에요."

"아니, 이건 네 잘못이야. 네가 그렇게 어리석게 칼슘이 뼈에서 빠져나가도록 방치하지 않았다면 괜찮았을 거라고!"

"다리가 아프다고 엄마한테 말했잖아요!"

"거짓말!"

"아니, 난 엄마한테 내 다리에 대해 말했어요! 그랬더니 엄마는 내가 씩씩하다며 칭찬까지 했잖아요."

"거짓말!"

"거짓말이 아니에요! 딸이 다리가 아프다는데 축하한다고 말하는 어머니가 정상이에요? 그건 구조 요청이었는데, 엄마는 들은 체도 하지 않았다고요."

"그래, 내 잘못이라고 해두자."

클레망스의 심술궂은 대꾸에 플렉트뤼드는 할 말을 잃었다.

모든 것이 무너져 내렸다. 이제 그 애에겐 소명도, 부모도 아무것도 없었다.

드니는 친절했지만 나약했다. 클레망스는 남편을 종용해 플렉트뤼드의 되찾은 식욕을 축하하지 못하게 했다.

"저 애가 뚱뚱해지도록 부추기지 말아, 알았지!"

"저 애는 뚱뚱하지 않아. 좀 통통할지는 모르지만." 그가 더듬거리며 대답했다.

'좀 통통하다'는 드니의 말에 플렉트뤼드는 자기편을 하나 잃었음을 알았다.

몸무게가 40킬로그램인 열다섯 살짜리 소녀에게 뚱뚱

하다거나 '좀 통통하다'는 것은 성장하지 말라는 말이나 다름없었다.

그런 재난에 봉착한 소녀가 취할 수 있는 길은, 다시 거식증이 되거나 병적으로 음식을 먹어대는 탐식증이 되거나 하는 두 가지 길뿐이었다. 하지만 기적적으로 플렉트뤼드는 그 어느 쪽에도 빠지지 않았다. 그녀는 적정한 식욕을 유지했다. 종종 심한 배고픔을 느끼곤 했지만, 의사들은 모두 그것이 건강에 유익하다고 했다. 하지만 클레망스만은 '끔찍하다'고 쏘아붙였다.

실제로 플렉트뤼드로 하여금 배고픔을 느끼게 한 것은 자연의 힘이었다. 그 애는 사춘기의 여러 해를 따라잡아야 했다. 치즈에 대한 광적인 집착 덕분에 그 애의 키는 3센티미터 자랐다. 그 애의 나이에서 1미터 58센티미터는 1미터 55센티미터보다 훨씬 바람직했다.

열여섯 살에 그 애는 생리를 시작했다. 그 애는 멋진 뉴스라도 되는 것처럼 그 사실을 클레망스에게 알렸다. 클레망스는 경멸하듯 어깨를 으쓱해 보였다.

"내가 마침내 정상이 되었다는 게 좋지 않아요?"

"네 체중이 얼마지?"

"47킬로그램이에요."

"내가 생각했던 대로구나. 넌 비만이야."

"1미터 58센티미터의 키에 47킬로그램이 비만이라고요?"

"사실을 직시하렴. 네 몸은 피둥피둥해."

이제 다리 기능을 완전히 되찾은 플렉트뤼드는 달려가 자기 침대에 몸을 던졌다. 하지만 그 애는 울지 않았다. 그 애는 극도의 증오를 느꼈고 그런 상태는 여러 시간 동안 지속되었다. 그 애는 베개를 주먹으로 두드려댔다. 머릿속에서 어떤 목소리가 소리치고 있었다. "저 여잔 날 죽이고 싶어 해. 내 어머니가 내가 죽기를 바라는 거야!"

플렉트뤼드는 여전히 클레망스를 자신의 어머니로 여겼다. 그녀가 실제로 자신을 낳지 않았다는 것은 중요하지 않았다. 자신에게 진정으로 생명을 준 사람이었으므로 플렉트뤼드는 클레망스가 자신의 어머니라고 생각했다. 그런데 이제 어머니가 자신의 생명을 앗아가려 하고 있었다.

그런 입장에 처했다면, 대개의 청소년들이라면 자살했

으리라. 하지만 플렉트뤼드의 생존 본능은 단단히 뿌리를 내리고 있었던 모양이었다. 그 애는 마침내 몸을 일으키며 차분한 목소리로 이렇게 말했다.

"당신이 나를 죽이도록 내버려두지 않겠어요, 어머니."

모든 것을 잃어버린 16세 소녀는 최선을 다해 남몰래 기운을 회복했다. 어머니가 제정신을 잃어버린 만큼 이제 그 애 자신이 어른이 되어야 했다.

그 애는 연극 강좌에 등록했다. 그곳에서 그 애는 강한 인상을 줄 수 있었다. 그녀의 이름도 그것에 한몫했다. 플렉트뤼드라는 이름은 상반되는 효과를 발휘했다. 그 이름을 가진 사람이 못생겼을 경우 그 추함은 더욱 강조되었고, 미인일 경우 그 신비로운 발음은 아름다움을 더욱 돋보이게 했다.

플렉트뤼드의 경우가 바로 그러했다. 아름다운 두 눈과 발레리나의 자태를 지닌 소녀가 들어오는 것을 보는 순간 벌써 사람들은 충격을 받았다. 그 애의 이름을 듣고 나자 사람들은 그 애에게서 더더욱 눈을 떼지 못하고, 아름다운 머릿결과 비극적인 표정, 완벽한 입매, 이상적인 살결에 감탄했다.

교사는 그 애에게 '몸'을 가지고 있다면서(플렉트뤼드는 괴상한 표현이라고 생각했다. '몸'이 없는 사람도 있단 말인가?), 배우 선발 시험에 응시할 것을 권했다.

그렇게 해서 그 애는 어떤 텔레비전 드라마에서 제랄딘 채플린의 소녀 때 배역으로 선발되었다. 그 애를 보더니 그 역을 맡은 여배우는 이렇게 외쳤다. "난 저 나이에 저렇게 예쁘지 않았는데!" 하지만 두 사람의 날씬한 얼굴이 비슷하다는 것은 아무도 부인할 수 없었다.

이런 일로 소녀는 약간의 돈을 모을 수 있었다. 하지만 어머니로부터 벗어날 수 있을 정도로 충분한 액수는 아니었다. 이제 그것은 그 애의 목표였다. 그 애는 저녁마다 집으로 돌아가는 시간을 가능한 한 늦추었다. 클레망스와 부딪치지 않기 위해서였다. 하지만 어머니를 피하지 못했을 때는 이런 말을 들어야 했다.

"이런! 부엉이잖아!"

이건 차라리 나은 표현이었다. "뚱보 오는구나." 같은 지독한 말을 들어야 할 때도 있었다.

이런 부당한 표현이 플렉트뤼드를 얼마나 상처 입히는

지 사람들은 짐작하지 못했다. 그런 말을 할 때 클레망스가 얼마나 역겨워하는 듯한 태도를 취하는지 모르기 때문이었다.

어느 날 플렉트뤼드는 자신보다 7킬로그램이나 더 나가는 베아트리스에게는 그렇게 마음 상하는 말을 한 번도 한 적이 없지 않느냐고 용기를 내어 클레망스에게 따졌다. 그러자 어머니는 대답했다.

"두 가지 경우가 아무 상관도 없다는 건 너도 잘 알잖니!"

그게 무슨 소리냐고, 도대체 모르겠다고 말할 용기가 플렉트뤼드에겐 없었다. 그 애가 이해한 것은, 다만 언니들은 정상일 수 있는데 자신에겐 그럴 권리가 없다는 것뿐이었다.

어느 날 저녁 가족과 함께 식사하지 않을 구실을 찾아내지 못한 플렉트뤼드는 식탁에 앉았다. 자신이 음식을 입으로 가져갈 때마다 클레망스가 분노하는 기색을 보이자 그 애가 항의했다.

"엄마, 그런 눈길로 쳐다보는 거 좀 그만하세요! 사람

먹는 거 처음 보세요?"

"너를 위해서란다, 플렉트뤼드. 네 병적인 헛헛증이 걱정되어서 말이다!"

"병적인 헛헛증이라고요!"

플렉트뤼드는 아버지를, 이어 언니들을 물끄러미 응시한 다음 입을 열었다.

"내가 이런 부당한 말을 듣고 있는데도 가만히 있다니 너무들 비겁해요!"

드니가 더듬거리며 말했다.

"네가 잘 먹는다고 해서 내가 뭐라고 하든?"

"비겁해! 언니는 나보다 더 많이 먹잖아." 플렉트뤼드가 쏘아붙였다.

그러자 니콜은 어깨를 으쓱해 보였다.

"네 마음대로 지껄이렴."

"난 그래도 언니가 한 마디 해줄 줄 알았어." 그 애가 이를 갈며 말했다.

이윽고 베아트리스가 숨을 크게 한번 내쉰 다음 입을 열었다.

"좋아. 엄마, 내 동생 좀 내버려 두셨으면 좋겠네요, 아

셨어요?'

"고마워." 플렉트뤼드가 말했다.

순간 클레망스가 웃음을 지으며 외쳤다.

"저 애는 네 동생이 아니란다, 베아트리스!"

"무슨 말을 하시는 거예요?"

"지금이 그런 얘기를 하기에 적당한 때라고 생각해?" 드니가 나지막하게 물었다.

클레망스는 자리에서 일어나 사진 한 장을 가져와 식탁 위에 던졌다.

"이 사람이 바로 뤼세트 이모란다. 플렉트뤼드의 진짜 엄마지."

클레망스가 니콜과 베아트리스에게 이야기를 하고 있는 동안, 플렉트뤼드는 사진을 집어 들고 죽은 여자의 아름다운 얼굴을 목마른 사람처럼 허겁지겁 들여다보았다.

두 언니들은 얼떨떨한 듯했다.

"난 엄마를 닮았군요." 소녀가 말했다.

그녀는 자신의 어머니가 19세에 자살했으므로, 자신의 운명 역시 그럴 거라는 생각이 들었다.

'난 지금 열여섯 살이야. 아직 3년을 더 살아야 하고 아

이를 낳아야 해.'

그때부터 플렉트뤼드는 자기 주위를 맴도는 많은 사내 애들을 그 나이에 어울리지 않는 시선으로 관찰했다. 그녀는 그들을 응시하며 생각했다. "이 애의 아이를 낳으면 어떨까?"

그런 질문에 대답은 대개 '곤란하다'였다. 그렇게 경박한 아이 아버지를 상상할 수 없었던 것이다.

연극 강좌에서 교사는 플렉트뤼드와 또 다른 학생에게 〈대머리 여가수〉의 한 장면을 연기하게 했다. 그 희곡에 어찌나 마음이 끌렸던지 플렉트뤼드는 이오네스코의 모든 작품을 구했다. 그것은 하나의 발견이었다. 급기야 그 애는 여러 날 밤을 새워 책을 읽는 열기에 휩싸였다.

과거에도 플렉트뤼드는 종종 책을 읽으려 애썼지만, 오랫동안 붙잡고 있을 수가 없었다. 하지만 사람은 운명의 호의에 힘입어 책의 우주 속에서 즐겨 읽을 수 있는 작품을 만나게 되는 법. 플라톤이 말하는 사랑하는 반쪽, 어딘가를 떠돌고 있는, 찾아내지 못하면 죽는 날까지 불완전하게 남아 있을 수밖에 없는 운명의 상대는 책의 경우 훨씬 더 현실감이 있었다.

'이오네스코는 내 운명의 작가야.' 플렉트뤼드는 생각했다. 그 애는 그의 작품을 통해 행복을 느꼈다. 그 도취는 사랑할 만한 책을 발견해야만 얻을 수 있는 그런 것이었다.

문학에서의 '첫눈에 반하기'를 통해 독서가 취미가 되는 경우도 있다. 하지만 플렉트뤼드의 경우는 그렇지 않았다. 다른 책들을 읽어보았지만 권태만이 느껴질 뿐이었다. 그녀는 다른 작가의 책들은 읽지 않겠다고 결심했고 이오네스코에 대한 그런 의리를 자랑스럽게 여겼다.

어느 날 저녁 텔레비전을 보다가 플렉트뤼드는 카트린 랭제를 알게 되었다. 그녀의 노랫소리를 들으며 그 애는 열광과 회한이 뒤섞인 감정을 느꼈다. 열광했던 것은 카트린 랭제의 노래가 훌륭했기 때문이었고, 회한을 느낀 것은 너무나도 성악가가 되고 싶은데 자신에게는 그럴 역량도 그럴 방법도 그에 대한 최소한의 지식도 없다는 깨달음 때문이었다.

만약 플렉트뤼드가 한 주 단위로 장래 희망이 바뀌는

그런 소녀였다면, 그 사건은 심각한 것이 아니었을 것이다. 하지만 그 애는 그런 종류가 아니었다. 연극 강의는 그 애를 열광시키지 못했다. 플렉트뤼드는 춤을 위해서라면 영혼이라도 팔 수 있었지만, 의사들은 칼슘의 보강으로 뼈 상태가 많이 좋아졌다고 하면서도 옛날처럼 춤추는 일은 불가능하다고 단언했다.

카트린 랭제의 발견이 그 소녀에게 충격적이었던 것은 그 여자로 인해 난생 처음으로 춤 아닌 다른 꿈을 품게 되었기 때문이었다.

자신은 2년 후 죽어야 하고 그 사이에 아이를 낳아야 한다는 사실을 떠올리며 그 애는 스스로를 위로했다. '내겐 성악가가 될 시간이 없어.'

연극 강좌에서 플렉트뤼드는 이오네스코의 〈수업〉(늙은 교수가 학생을 맞아 수업을 마친 다음 그녀를 죽이고 다음 학생을 맞는 것으로 끝나는 부조리극으로 권력과 언어의 문제를 다루고 있다 : 역주)의 한 장면을 연기하게 되었다. 자신이 좋아하는 작가의 작품에서 주역을 따낸다는 것은 배우에게 비잔틴 제국과 시테르 섬(그리스 신화에 나오는 사랑과 기쁨의 섬 :

역주), 로마와 바티칸, 곧 현실과 신화를 모두 갖는 것과도 같았다.

플렉트뤼드가 그 여학생 역을 맡은 것은 새삼스러운 일이 아니었다. 그 역할은 이미 그 애의 것이었다. 선별된 몇몇 장면에서 의욕을 보인 나머지 플렉트뤼드는 그 내용을 왜곡하고 바꾸기에 이르렀다. 지식과 학생 모두를 씹어대는 작중 교수에게서 격려와 선례를 취했음은 말할 필요도 없었다.

플렉트뤼드는 상대역에 영향을 미칠 만큼 대단한 학생이었다. 교수 역을 맡을 상대 배우의 선택권이 자동적으로 플렉트뤼드에게 주어졌다.

리허설을 하는 동안 플렉트뤼드는 기이한 대사("문헌 연구는 범죄로 통한다")를 읊조리는 상대 배우에게 자신은 그의 아이를 낳을 것이라고 대답했다. 상대는 그 말을 〈대머리 여가수〉에게 어울리는 대사라고 여기고 받아들였다. 바로 그날 밤 플렉트뤼드는 그 말을 실천에 옮겼다.

한 달 후 플렉트뤼드는 자신이 임신했음을 알았다. 이오네스코가 희극 작가인 줄만 아는 이들에게 그런 식으로 한 방 날린 셈이었다.

플렉트뤼드는 친어머니가 자신을 낳은 똑같은 나이인 열아홉 살에 아기를 낳았다. 아기 이름은 시몽이라고 지었다. 잘생기고 건강한 아이였다.

플렉트뤼드는 아이를 보며 믿을 수 없을 정도로 사랑이 솟구쳐 오르는 것을 느꼈다. 그녀는 자신에게 그렇게까지 모성적 기질이 있었음에 놀라며 이렇게 한탄했다. "이래서야 어디 자살할 수 있겠어?"

하지만 그녀는 끝까지 가보기로 마음먹었다. "난 시몽의 아버지를 죽이지 않음으로써 이미 내 운명의 포도주에 물을 타버린 셈이야. 하지만 여기서 그만두진 않겠어."

그녀는 아이를 어르며 중얼거렸다.

"사랑한다, 시몽, 사랑해. 엄마가 죽는 건 그래야 하기 때문이란다. 내게 선택의 여지가 있다면, 네 곁에 남겠지.

하지만 난 죽어야 해. 그건 지상 명령이란다. 엄마는 그걸 느껴."

일주일 후 그녀는 생각했다. "지금 죽지 않으면 영원히 죽을 수 없을 거야. 지금 죽지 않는다면, 시몽에게 지나치게 집착하게 될 거야. 시간을 끌면 끌수록 이 일은 점점 더 어려워져."

편지 쓰는 것을 좋아하지 않는다는 충분한 이유에서 그녀는 유서 따위는 남기지 않기로 했다. 어쨌든 죽는 것이 너무나도 당연하게 여겨졌으므로 설명할 필요조차 느끼지 않았다. 하지만 도대체 죽을 용기가 생기지 않았으므로, 그녀는 자신이 가진 것 중 가장 아름다운 옷을 입기로 마음먹었다. 외모가 우아해지면 배짱이 생긴다는 것을 알고 있었던 것이다.

2년 전 벼룩시장에서 사둔, 퇴색한 금빛 레이스가 달린 짙푸른 벨벳으로 된 환상적인 왕비의 드레스가 있었다. 평소에 입기에는 너무 호사스러운 옷이었다.

'만약 오늘 이 옷을 입지 않는다면 영원히 입을 수 없을 거야.' 그런 생각을 하며 그녀는 그 말 속에 담긴 심오한 진실을 의식하고 웃음을 터뜨렸다.

임신과 출산으로 인해 살이 빠져서 옷이 좀 컸지만, 그녀는 개의치 않았다. 그녀는 엉덩이까지 내려오는 탐스러운 머리채를 늘어뜨렸다. 비극의 요정처럼 화장을 하면서 그녀는 그런 자신이 마음에 들었다. 그녀는 이제 의기소침해지지 않고 자살할 수 있을 거라고 중얼거렸다.

플렉트뤼드는 시몽을 껴안았다. 집을 나서려는 순간, 그녀는 어떤 방법으로 죽을 것인지 스스로에게 물었다. 열차나 자동차에 몸을 던질 것인가, 아니면 센 강에? 그런 질문은 해본 적조차 없었다. "어떻게 되겠지" 하고 그녀는 결론을 내렸다. "그런 세세한 부분에 신경을 쓰다간 아무것도 못해."

그녀는 역까지 걸었다. 하지만 열차의 바퀴 아래 뛰어들 용기가 없었다. "어차피 죽을 바에는, 그것도 파리에서 죽을 바에는 더 나은 방법이 있을 거야." 어느 정도 상황에 떠밀려 그녀는 생각했다. 그녀는 전철을 탔다. 파리 외곽에 사는 승객들은 전철에서 그렇게 멋진 모습을 한 여자를 본 적이 없었다. 게다가 그녀의 얼굴에는 환한 웃음이 떠올라 있었다. 마침내 자살할 수 있게 되었다는 생각에 기분이 몹시 좋았던 것이다.

시내 중심가에서 내린 그녀는 센 강을 따라 걸으며 그 거사에 가장 어울리는 다리를 찾았다. 알렉상드르 3세 다리와 퐁 데 자르와 퐁-뇌프 중에서 마음을 정할 수 없었으므로 그녀는 그 다리들이 지닌 각각의 장점들을 곱씹으며 오랫동안 왔다갔다했다.

이윽고 알렉상드르 3세 다리는 지나치게 과장되었다는 이유로, 퐁 데 자르는 지나치게 아늑하다는 이유로 제외되었다. 퐁-뇌프가 선택되었다. 그 다리의 고풍스러움도 좋았지만 반달 모양의 발코니가 그녀의 마음에 들었다. 그곳은 마지막 순간의 사색에 이상적이었다.

지나가는 사람들은 아름다운 그녀의 모습에 뒤를 돌아보곤 했지만, 자신의 계획에 몰두해 있던 그녀는 그 사실을 의식하지 못했다. 어린 시절 이후 그토록 행복한 적이 없었다.

그녀는 다리 난간에 걸터앉아 두 다리를 허공에 늘어뜨렸다. 많은 이들이 그런 자세로 앉아 있었으므로 그녀에게 특별히 신경을 쓰는 사람은 없었다. 그녀는 주위를 둘러보았다. 노트르-담 성당 위로 잿빛 하늘이 드리워져 있었고, 센 강의 물살이 바람에 일렁이고 있었다. 문득 그녀의 머릿속에 세상이 얼마나 오래된 것인가 하는 생각이 스쳤다. 자신의 열아홉 해 인생은 이제 수백 년의 역사를 지닌 파리 속으로 삼켜질 터였다!

그녀는 현기증을 느꼈다. 흥분이 가라앉았다. 줄곧 지속되는 이 위대함, 이 영원함의 일부가 되지 못하다니! 그녀가 세상에 해놓은 일이라고는 아이 하나뿐인데, 그 애는 자신을 기억하지 못할 터였다. 그 외에는 아무것도 없었다.

플렉트뤼드가 유일하게 사랑했던 사람은 클레망스였다. 스스로를 죽임으로써 그녀는 더 이상 자신을 사랑하지 않는 어머니의 뜻에 따르는 셈이었다. "아냐. 시몽을 위해서이기도 해. 난 그 애를 사랑해. 어머니의 잘못된 사랑이 아이에게 얼마나 해로운지를 생각한다면, 그 애에게 그런 부담을 주지 않는 편이 낫지."

다리 아래에서 막막한 강의 공허로움이 그녀를 부르고 있었다.

"왜 하필 이 순간에 내가 갖지 못한 게 생각나는 걸까? 내 삶은 허기지고 목말랐어. 내 삶에 양식과 물을 주는 일

같은 건 일어나지 않았어. 내 가슴은 메마르고, 내 머리는 빈곤해지고, 영혼 대신 갈망만 있을 뿐이야. 이런 게 바로 죽음이 필요한 상태겠지?'

발 아래에서 허무가 윙윙 소리를 내고 있었다. 의문이 그녀를 짓눌렀다. 그녀는 두 발에 힘을 실어 그 상태에서 벗어나고 싶은 유혹을 느꼈다.

그때였다. 멀리서 누군가 부르는 소리가 들려왔다.

"플렉트뤼드!"

'죽은 이들의 세계에서 들리는 소리일까, 아니면 산 이들의 세계에서 들리는 소리일까?' 그녀가 자문했다.

물속에 누군가 있기라도 한 것처럼 그녀는 물 쪽으로 몸을 기울였다.

부르는 소리가 더욱 다급해졌다.

"플렉트뤼드!"

어떤 남자의 목소리였다.

그녀는 소리 나는 쪽으로 몸을 돌렸다.

그날 마티외 살라댕은 설명할 수 없는 충동에 떠밀려 17구역의 집을 나와 센 강을 따라 걷기 시작했다.

흐리고 따뜻한 날씨를 즐기며 걷던 그는 자기 쪽으로 걸어오고 있는 한 여자를 보았다. 가장 무도회라도 가는 것처럼 차려입은 놀랄 만큼 눈부신 젊은 여자였다.

그는 걸음을 멈추고 그녀가 지나가는 것을 바라보았다. 그녀는 그를 보지 못한 것 같았다. 여자의 두 눈은 뭔가에 홀린 듯 아무도 보이지 않는 듯했다. 순간 그는 그녀를 알아보았다. 그는 기뻐서 미소를 지었다. '다시 만났군! 저 애는 언제나 저렇게 정신이 나간 것 같았지. 이번에는 놓치지 않겠어.'

그는, 아는 사람을 은밀히 뒤쫓으며 상대의 태도를 관찰하고 동작의 의미를 추측하는 즐거움에 빠져들었다.

그녀가 퐁-뇌프 난간에 걸터앉는 것을 지켜보면서도 그는 두려움 같은 건 느끼지 않았다. 그녀는 즐거운 표정을 짓고 있었다. 절망한 것 같지 않았다. 그는 다리 난간에 팔꿈치를 괴고 센 강 위로 몸을 굽힌 채 옛 급우를 지켜보고 있었다.

이윽고 마티외 살라댕은 플렉트뤼드의 태도가 석연치 않다는 것을 느꼈다. 흥분에 휩싸인 그녀의 모습도 예사롭지 않아 보였다. 그녀가 강물에 몸을 던질 생각이라는 사실을 깨달은 순간 그는 그녀의 이름을 부르며 달리기 시작했다.

그녀는 즉각 그를 알아보았다.
그들은 역사상 가장 짧은 사랑의 서곡을 연주했다.
"사귀는 사람 있어?"
마티외가 단 한 순간도 낭비하지 않고 물었다.
"혼자야. 아이가 하나 있어."
그녀가 질문만큼이나 건조하게 대답했다.
"잘됐군. 너도 날 원해?"
"그래."
그는 그녀의 허벅지를 잡아 몸을 180도 돌려놓았다. 이제 그녀의 두 발은 더 이상 공중에 떠 있지 않게 되었다. 그들은 금방 한 말을 확인하기 위해 입맞춤을 했다.
"혹시 자살하려던 참이었어?"
"아냐."
부끄러워진 그녀가 대답했다.
그가 그녀에게 다시 입맞춤을 했다. '조금 전 나는 허공에 몸을 던질 참이었지. 그런데 지금은 내 인생의 남자 품에 안겨 있다니. 7년 동안 못 만났던 남자, 다시는 못 만날 줄 알았던 남자 품에 말이야. 죽는 건 다음으로 미뤄야겠는걸.'

플렉트뤼드는 충격적인 사실을 한 가지 발견했다. 어른이 되어서도 행복할 수 있었던 것이다.

"내가 사는 곳을 보여줄게." 그가 그녀를 잡아끌며 말했다.

"너무 서두르는 것 같은데!"

"난 7년을 잃었어. 더 이상은 싫어."

그 말로 인해 얼마나 많은 언쟁이 생기리라는 것을 미리 알았더라면, 마티외 살라댕은 그런 고백 같은 건 하지 않았으리라. 그 후로 플렉트뤼드는 기회가 생길 때마다 그에게 이렇게 소리 치곤 했던 것이다.

"7년을 기다리게 하다니! 날 고통 속에 내버려 두다니!"

그 말에 마티외는 이렇게 반박했다.

"너 역시 날 잡지 않았잖아! 열두 살 때 날 사랑한다고 왜 말하지 않은 거지?"

"그런 말은 남자가 하는 거잖아!" 플렉트뤼드가 단호하게 그의 말허리를 잘랐다.

어느 날 플렉트뤼드가 또 다시 문제의 "7년을 기다리게 하다니!"를 읊어대자, 마티외는 그녀의 말을 자르며 이렇게 말했다.

"그 사이에 너만 병원에 입원했었던 게 아냐. 열두 살 때부터 열여덟 살 때까지 나도 여섯 차례나 병원에 입원했었어."

"새로운 구실이라도 찾아낸 모양이지? 어디가 아프셔서 그랬을까?"

"정확히 말하자면 한 살 때부터 열여덟 살 때까지 난 열여덟 차례 병원에 입원했었어."

그녀가 미간을 찌푸렸다.

"이건 아주 긴 얘기야." 그가 말을 시작했다.

마티외 살라댕은 한 살 때 죽음을 경험했다.

아기는 거실의 소파 다리 아래와 탁자 밑의 흥미진진한 세계를 탐사하며 기어다니고 있었다. 전기 콘센트에는 코드가 꽂혀 있었고 그 끝에 달린 플러그는 어디에도 꽂히지 않은 채였다. 두툼한 반구 같은 것이 달린 끈에 흥미가 끌린 아기는 그것을 집어 입 속에 넣었다. 침이 나왔다. 다음 순간 아기는 감전으로 사망했다.

아버지는 어린 아들이 전기 충격으로 죽었다는 사실을 받아들일 수 없었다. 그는 죽은 아기를 당시 최고의 의사에게 데리고 갔다.

어떻게 그럴 수 있었는지 알 수 없지만, 의사는 그 작은 몸에 생명이 돌아오게 하는 데 성공했다.

그런 다음에는 아기에게 입을 만들어주어야 했다. 되살아난 아기에게는 입이라고 할 만한 것이 없었던 것이다. 입술도, 입천장도 없었다. 그 의사는 아이를 최고의 성형외과의에게 보냈다. 성형외과의는 여기에서 연골 조금, 저기에서 피부 조금을 떼어내 정교한 짜깁기 작업 끝에 완벽하지는 않지만 그런 대로 입의 형태를 만들었다.

"그해에 할 수 있는 건 그뿐이었어. 다음해에 다시 병원에 가야 했지." 마티외가 말했다.

매년 마티외 살라댕은 재수술을 통해 뭔가를 덧붙였다. 이윽고 그는 자신에겐 관용구가 된 한마디로 이야기를 끝맺었다. 기적적으로 되살아난 그가 어린 시절과 청소년 시절 동안 줄곧 들어야 했던 한마디는 이런 것이었다.

로베르 인명사전 171

"착하게 지내다 오면 내년엔 목젖(이것은 인후, 연구개막, 입천장, 잇몸 등으로 바뀌었다)을 만들어 주마."

플렉트뤼드는 흥분 상태에서 그의 말을 들었다.

"그래서 네가 그 콧수염처럼 멋진 흉터를 갖게 된 거였구나!"

"멋지다고?"

"그렇게 멋진 건 다시 없을 거야!"

그들은 정말이지 천생연분이었다. 각각 다른 방식이었지만 둘 다 이 세상에 태어난 첫해에 너무나도 가까이에서 죽음을 경험했던 것이다.

그 젊은 여인에게 은총만큼이나 많은 시련을 안겨준 요정들 —그 수가 너무 많은 것이 분명한— 은 이제 그녀에게 이집트의 재앙들보다 더 가혹한, 아멜리 노통이라는 벨기에의 재앙을 보내게 된다.

몇 년이 흘렀다. 음악을 하는 마티외 살라댕과 완벽한 사랑 속에서 살아가던 플렉트뤼드는 용기를 내어 성악가가 되기로 했다. 그녀는 자신이 겪은 백과사전적 범주의 고통과 어울리고 사전의 이름이기도 한 '로베르'라는 예명을 쓰기로 마음먹었다.

가장 지독한 불행은 처음에는 대개 우정의 얼굴을 하고 시작된다. 아멜리 노통을 만난 플렉트뤼드는 그녀에게서 그토록 갈망했던 친구, 혹은 자매의 모습을 발견했다.

플렉트뤼드는 아멜리에게 자신의 인생 이야기를 들려주었다. 아멜리는 겁에 질린 채 아트레우스(그리스 신화에 나오는 아트레우스 가의 비극은 탄탈로스에서 시작해 펠롭스, 아트레우스, 티에스테스, 펠로피아, 아이기토스에 이르는 친족 살해의 복수극을 보여준다 : 역주)의 운명과도 같은 그 이야기를 들었다. 이윽고 아멜리는 플렉트뤼드에게 그렇게 끔찍한 죽음을 딛고 태어났으면서 어떻게 다른 사람을 죽이고 싶다는 욕구에서 자유로울 수 있었느냐고 물었다. 희생자는 학대자가 될 가능성이 가장 높은 법.

"네 아버지는 9개월 된 너를 뱃속에 갖고 있던 네 어머니에게 살해당했어. 그때 넌 분명 깨어 있었을 거야. 딸꾹질을 했다니 말이야. 그렇다면 넌 아버지를 죽이는 장면을 목격한 셈이야!"

"하지만 난 아무것도 보지 못했는걸!"

"하지만 뭔가를 느꼈을 게 분명해. 넌 아주 특별한 성격의 증인이야. 태(胎) 안의 증인이라고. 어머니의 뱃속에서 태아는 음악도 듣고 부모들이 사랑을 나누는 것도 안다잖아. 네 어머니는 네 아버지를 향해 장전된 총알을 모두 쏘는 강도 높은 폭력을 행사했어. 어떤 식으로든 네가 그걸 못 느꼈을 리가 없어."

"도대체 무슨 말을 하고 싶은 거니?"

"넌 그 살인의 당사자야. 네 양어머니가 네게 가한 비유적인 살해 시도, 뒤이어 네가 시도한 자살 기도 같은 건 논외로 하자. 다른 사람을 죽이고 싶다는 욕구를 넌 지금까지 도대체 어떻게 억누를 수 있었니?"

일단 그런 생각을 하게 되자 플렉트뤼드는 그때부터 그 생각을 떨칠 수 없었다. 이윽고 자신의 상황에서 누군가를 살해하고 싶어 하는 것이 당연한 것으로 여겨지자, 그녀는 자신에게 그런 욕구를 불러일으킨 당사자를 통해 그 욕구를 해소하기로 했다. 그녀는 늘 지니고 다니면서 음반사 사장들을 협박할 때 유용하게 사용하던 총을 꺼내 아멜리의 관자놀이에 대고 쏘았다.

"아멜리가 신통찮은 작품을 쓰는 걸 막을 수 있는 길은 그것뿐이었어." 플렉트뤼드는 남편에게 설명했고, 마티외는 그녀의 말을 이해했다.

 지옥의 강을 여러 차례 건너 본 공통점을 지닌 두 사람은 눈물 어린 눈으로 시체를 바라보았다. 두 사람의 공모를 더욱 감동적으로 만들어주는 장면이 아닐 수 없었다.

 이제 두 사람의 상황은 말 그대로 이오네스코 희곡의 한 장면이었다. 〈아멜리 혹은 난관 벗어나기〉가 그것이었다. 시체 처리는 정말이지 거추장스러운 문제였다.

 살인은 인간의 몸을 가지고 하는 행위라는 점에서 성행위와 비슷하다. 성행위의 경우, 끝난 다음 그냥 가버리면 된다. 하지만 살인은 그런 손쉬움을 허락하지 않는다. 살인이 성행위보다 당사자들 사이에 훨씬 강한 유대감을 불러일으키는 것은 이런 이유에서다.

 시체를 앞에 놓고 플렉트뤼드와 마티외는 해결책을 찾지 못하고 있었다.

□ 옮긴이의 말
이름이 운명을 결정한다

　열아홉 살짜리 만삭의 임신부가 동갑인 남편을 권총으로 살해하는 것으로 시작되어 엉뚱하게도 작가의 죽음으로 끝나는 이 짤막한 소설은, 아멜리 노통브를 이미 알고 있는 독자들에게조차 충격적인, 강렬한 '노통브표' 소설이다.

　여기에서는 노통브 소설의 한 축을 이루고 있는 유년과 더불어, 살인과 에로티시즘의 문제가 특유의 간결하고 경쾌한 필치로 다루어진다. "인간의 몸을 가지고 하는 행위라는 점에서" 살인과 성행위를 같이 보는 작가의 시각은 섹스를 작은 죽음으로 인식했던 바타이유를 연상시키지만, 훨씬 가볍고 단순하다. 바타이유가 폭력적 희열의 절정으로서 에로티시즘과 죽음의 의미를 물었다면, 노통브의 주인공들이 고민하는 것은 그저 저 골치 아픈 시체를 어떻게 처리할까 하는 식이다.

또한 이 작품에서 비교적 깊이 있게 다루어지는 모성애의 폐해 역시, "영원히 여성적인 것의 구원"을 말하면서도 모성애의 폐해를 경계했던 괴테의 맥을 잇고 있지만 한결 단선적이다. 플렉트뤼드와 클레망스의 관계는 충분히 예측가능한 선을 넘지 않는다.

이 작품에서 역자가 가장 중요하게 보는 것은 '명명'에 대한 인식이다. 뤼세트가 남편을 살해하는 이유는 표면적으로 그가 태어날 아기에게 마련해둔 이름 때문이다. 이름이 운명을 결정짓는다는 의식, 곧 언어가 실재를 내포한다는 의식은 형이상학적 인간의 필요조건이다. 그녀로서는 자기 아기에게 탕기나 조엘이라는, 우리식으로 말하자면 철수나 순이라는 흔하디흔한 이름이 붙여지는 것을 참을 수 없었다. 어느 정도로? 자고 있는 남편의 잘생긴 얼굴에 대고 장전된 권총의 탄환을 모두 비워낼 정도로. 감옥에 갇힌 그녀는 전문가들이 추천하는 타협적인 이름 제르트뤼드 역시 거부한다. 뱃속의 아기를 위해 '플렉트뤼드'라는 이름을 고르면서 그녀는 특이하고 모험적이면서도 위험으로부터 스스로를 지킬 수 있는 호신부를 지닌 삶을 아기를 위해 마련한다. 그런 다음 그 삶에 방해가 되지 않기 위해 자신 역시 감옥에서 목을 맨다. 하나의 이름이 곧 하나의 인생이 되는 것이다. 그리고 어미에 의한 아비 살해와 어미 자신의 자살이라는 엽기적 상황에서 태어나 의붓어미의 편집광적인 사랑 속에서 성장한 플렉트뤼드는, 노래를 부르기 위해 스스로 로베르라는 예명을 선택한다. 이 로베르는 사전의 이름이기도 하다. 그런데 사전이란, 곧 말의 숲, 말의 우주가 아닌가.

몇 년 전 『사랑의 파괴』와 『오후 네 시』를 번역하면서 노통브의 기발함과 재치, 경쾌함 속에 담긴 풍자 등을 유쾌하게 만났고, 그 같은 작가적 특징을 『두려움과 떨림』이나 『적의 화장법』 같은 다른 작품들을 통해 확인하며 든든했고, 우리 독자들 가운데 노통브 마니아가 생기는 것을 기분 좋게 주시해온 역자로서는, 일정량의 마약을 복용하듯 글쓰기를 계속해온 이 재기와 성실성의 작가가 유년과 치기와 재치 위에 시야와 깊이를 내면화하기를 기대해왔다. 하지만 노통브는 이 소설에서도 역시, '좀더 깊게, 좀더 치밀하게, 좀더 진지하게'를 외치는 역자의 요구 같은 것에는 귀 기울이지 않는다. 그녀는 가볍게 건드리며 빠르게 나아갈 뿐이다. 주인공 로베르는 갑작스럽게 다리 아래로 몸을 던지려다가 옛사랑을 만나고 가수가 되고 작가를 살해한다. 이야기의 끝에 이르렀다는 것을 알고 역자는 다급하게 외친다. 아앗, 그게 아니야, 명명의 문제를 좀더 파고들란 말이야, 몰리에르가 동원된 외모에 대한 고찰이나 클래식 발레 얘긴 안 해도 돼. 그럼 이건 볼륨에 관계없이 대작이 될 거야. 하지만 어쩌겠는가, 이게 바로 대작을 써야 한다는 강박에서 훌쩍 벗어나 있는 프랑스 현대 소설의 한 현상, 아멜리 노통브인 것을.

김 남 주